献给历经爱情的每一个你

过期的爱情

周心友 著

经济日报出版社

图书在版编目（CIP）数据

过期的爱情 / 周心友著. —— 北京：经济日报出版社，2021.3

ISBN 978-7-5196-0794-4

Ⅰ．①过… Ⅱ．①周… Ⅲ．①随笔-作品集-中国-当代 Ⅳ．①I267.1

中国版本图书馆 CIP 数据核字（2021）第 032667 号

过期的爱情

作　　者	周心友
责任编辑	王　含
责任校对	蒋　佳
出版发行	经济日报出版社
地　　址	北京市西城区白纸坊东街 2 号（邮政编码：100054）
电　　话	010-63567684（总编室）
	010-63584556　63567691（财经编辑部）
	010-63567687（企业与企业家史编辑部）
	010-63567683（经济与管理学术编辑部）
	010-63538621　63567692（发行部）
网　　址	www.edpbook.com.cn
E－mail	edpbook@126.com
经　　销	全国新华书店
印　　刷	成都兴怡包装装潢有限公司
开　　本	880mm×1230mm　1/32
印　　张	6
字　　数	100 千字
版　　次	2021 年 3 月第一版
印　　次	2021 年 3 月第一次印刷
书　　号	ISBN 978-7-5196-0794-4
定　　价	58.50 元

目　录

第三章　过期的闲话　／　165

抬头看天，低头看路，平头看人。
不然，钱就是一切问题的问题。
而欲望又是问题的根源，而根源
又是爱又是情，又是爱情交织出
来的千变万化。

第一章

过 期 的 情 话

泪水，她悄悄地失眠，在没有你的时间和地点。她反复翻滚，一路向前，拼命追赶，只为看一看你的容颜，好记在心间。万世不变，今生今世只为你失眠，只爱你到永远。

第1节

1. 你是我，幸福的出路；我愿做，你一生的守护。

2. 我难以想象爱情可以缺少责任，依我看，没有责任就没有爱。

3. 有人说爱情需要浪漫。我想了又想，说：不对，是浪漫需要爱情。

4. 因为我爱你，你可以拿走我的理性；因为我爱你，你可以拿走我的快乐；因为我爱你，你可以拿走我的自由。你要拿走我的意志？不，这不可以，意志构成了我，没有了我，何来"我"爱你？

5. 每一个生活在尘世的人，都有一张自己的五彩面具，只不过面具的薄厚和种类不同罢了。于爱如是。

6. 不要对你爱的女孩或者女人说，我付出了很多很多来爱你，其实爱一个人只需要付出你的真心。

7. 有的时候，分手也是一种爱，更何况你们还有勇气分手。

8. 你很擅长调情，但是你拿什么来为此买单呢？

9. 一场平凡人的至真至诚的普通恋爱，就是一个惊天动地的精彩故事。

10. 一个人，千万不要用任何关于爱的借口，去凌驾恋人的意识。爱是成全，不是绑架。

11. 有爱就有恨，爱与恨共生，有时恨也是来自爱。

12. 对一个你爱的人的承诺，是有重量的，诺言是守护的别名，是责任的序曲。

13. 为一个你所爱的人所做的改变，要经得起风霜雨雪的考验，不然，改变就不是改变。

14. 不要以为用你的方式爱他或她，他或她就会感到满足，因为爱不是固定的程序，是需要两个人一起用心去探索的情感宇宙。

15. 谁都会说我爱你，但是他或她是用怎样的心在说呢？

16. 你一出现，我笨拙的嘴便说不出完整的话来，眼珠不听使唤地追随着你，双耳严阵以待地网罗你的声音，我本想隐藏爱意，却欲盖弥彰。

17. 恋爱不是同情，但是还是有很多世人在同情里恋爱。

18. 做一个爱过就忘的人，也是一种莫大的幸福。

19. 错过的爱，不必为它遗憾，它是我们情感的勋章，让我们更学会珍惜爱。

20. 我什么都没有，拿什么来爱你呢？用一颗心应该不够吧。你俏皮地说，当然不够，还需要一个吻。

21. 第一世，你是月，我是日；第二世，你是云朵，我是海鱼；第三世，你是白雪，我是烛火。这一世，你是风，我是风筝。说出你对我的爱吧，因为我早已等待千年。

22. 海蚌对闯进它的蚌壳的异物的爱，也许就是我对你的爱吧。我那枯燥单一的生命，因为你的闯入，终于有了生机。

23. 你的眼神曾经让我魂牵梦绕，我对你的爱，为什么没有打动你一丝一毫呢？没关系，我将继续静静地爱你，像风轻轻拂过白云。

24. 告别初恋，是一个人此生的重大成长。青涩退去了，躁动退去了，笨拙也退去了。

25. 爱情真的需要考验吗？不需要，考验是精心编织的谎言，而谎言换来的只有谎言。

26. 爱是一回事，情是一回事，爱情又是另外一回事。请看清楚，想明白，这个"另外"。

27. 你爱吃的蛋糕会过期，你不爱吃的香蕉会过期，没曾想，爱情也会过期。但这不是爱情的错，过期的是我们，不是爱情本身。

28. 爱是一种能力，放弃你那遥不可及的爱，更是一种不可或缺的能力。

29. 那不可挽留的爱，你为什么还要挽留呢？即使挽留住了，那还是爱吗？还是原来的爱吗？

30. 不要让爱的谎言毁了你的爱，因为爱不需要谎言。

第2节

31. 一个人活在这个世界上，不可能什么都不抱怨。但是，绝对不可以事事都抱怨，时时都抱怨，更不可以对爱情抱怨。因为，如果你对爱情都抱怨了，那么你就完全没有任何资格拥有爱情了。

32. 爱一个人需要付出，接受一个你不爱却爱你的人更需要付出，前者付出真心，后者付出自由。

33. 我要找一个怎样的爱人？从家世到学历，从工作到相貌，我都已规划好，可在那个夏天遇见你之后，我之前的规划都白忙活了。

34. 选择是一种权利，但是爱往往是没有选择的，因为爱会在不经意间悄悄地偷走了我们的这种权利。只有当爱失去了的时候，我们的这种权利才会慢慢地回来。

35. 爱上一个女孩也许只是一种冲动，但是，爱定一个女孩不应该仅仅只是一种执着。

36. 一个男孩爱上了一个女孩，并且爱得很执着，这是一种幸福更是一种痛苦。但是，很多女孩又爱上了这个男孩，那这个男孩是觉得多了一丝幸福还是少了一毫痛苦呢？

37. 最多情的人，也是最无情的人。因为处处播撒情谊的人，情谊在他心中并没有分量。

38. 人类要是没有爱情，该是多么无趣。犹如四季失去了春天，春天失去了花朵，花朵失去了颜色。

39. 爱情是一种巫术，既能使冷静的人发了疯，还能使发了疯的人冷静。

40. 有人谈恋爱喜欢宣扬"奔着结婚去的"，好像结婚就是爱情的最好保障，但又有"婚姻是爱情的坟墓"这种说法，婚姻是保护爱情的盾还是刺破爱情的矛？我也感到惶惑了。

41. 有人温柔，有人泼辣，有人高大，有人娇小，有人绅士，有人冷酷。人生海海，事态缤纷，两个人能看对眼，不是一种巨大的幸运吗？

42. 人的心理奥妙，两个人分开了，变成了陌路人，哪怕与对方撕破脸，却还是保留着一丝情绪激发权给对方，机警地关注着对方的一切。有新对象了没有？事业有成没有？结婚了没有？相继释放出失望、愤怒、伤心的情绪。分手后，是要继续若无其事做朋友，还是断绝联系并不重要，重要的是收回情绪激发权。当对方的生活再也无法引起你心里的一丝涟漪，那么这个人在身边还是在远方都不重要了。

43. 你愿意做一个爱情的替身吗？不，我不愿意。爱是唯一的、排他的、不可替代的。

44. 初恋，究竟是怎样的一种味道啊？是青苹果般酸甜，还是莲子心般苦涩？

45. 难道一见钟情真的只是人世间千百年来的最大的谎言吗？可我与你的初见，不是最好的例证吗？

46. 她的眼神会说话，真的会说话，那句话儿也许就是对什么是爱的最好的注解和诠释吧。

47. 都说爱情从来不是儿戏，所以很多人就把爱情当作游戏了。

48. 想一个人不痛苦，爱一个人也不痛苦，痛苦的是想爱一个人却不能，永远都不能。

49. 完美的爱情总是遥不可及的，当你可及的时候，那份爱情早已不完美了。

50. 忘记一个你爱入骨髓和灵魂的人，是一件多么可怕的事情啊。因为记忆的消亡总是与肉身的消亡相伴而行，忘记就不成了迈向死亡的预告了吗？

51. 拒绝复制和粘贴，就是对爱情最大的敬畏。不忠贞，不专一，是对爱情的最大的亵渎。

52. 爱一个人，爱到要消灭自己的时候，也许说明了爱情有时候真的是不加糖的毒药啊。

53. 等待，对于爱情本身来说，是一种慢性毒药，爱情在等待中消磨、死亡。

54. 喜欢如果等于爱，那么爱就不是爱了。喜欢只享受欢愉，爱则要承担痛苦。

55. 我和你之间的爱情，就像那随风飘落的雪花，是如此的美丽，却又是那么的短暂。

56. 爱你，我想过，可我没有剑和玫瑰，无法给予你守护和浪漫，所以我退却。

57. 爱，应该毫不犹豫，决不计较，因为爱是高尚的英雄主义，以牺牲为名。

58. 爱上一个你不应该爱上的人，也许是对爱情最大的误读。

59. 再也没有比恋爱的青年人敏感了，一次不经意的触碰，也会引起巨大的情绪风暴。

60. 一句至理名言，有时真的能改变一个人的一生，还有这个人对待爱情的态度。这是一件好事，因为一个人对待爱情的态度，有时就决定了这个人的人生。

第3节

61. 爱情，人类永远地在寻找它的殉葬品。说它是一杯不加糖的毒药，一点也不过分。

62. 女人，可以为爱情付出多少？男人，可以为爱情付出多少？我想，这与性别无关，与性格有关。长久稳定的关系，似乎都有一个适应的关系模式，这个模式适合着彼此。这是两个人长久相处，逐渐探索出来的最合适的模式。谁强势，谁让步，谁主外，谁主内，早已在相濡以沫的日子中找到了最佳答案。解不出答案的，早就分道扬镳了。

63. 在爱情的字典里，错过也许是所有的爱情信徒至死都不愿意触碰的两个大字。但是，过错就可以沾染吗？没有过错，何来错过？

64. 爱情，是一个从来都不相信天长地久的小女人，更是一个从来都不在乎曾经拥有的小女人，可爱之极，可恨之极。

65. 之所以说爱情是人类永恒的主题，是因为世间的人们对爱情欲罢不能罢了。

66. 为她失眠，我感到无比的幸福，但是这种幸福没有丝毫减弱的迹象，所以我越来越痛苦了。

67. 我真的很爱你，我每天脱落的那些花白的头发，我眼角刻下的细纹和我逐年浑浊的目光都在说：我爱你。他们为了你，义无反顾地叛离了我。

68. 你对我那不屑一顾的眼神，深深地刺痛了我的每一根神经，原来我身体里的每一颗细胞，都早已深深地爱上了你，而你却在你我咫尺之间构筑了无尽的天涯。即使这样，我还是爱你，真应了斯特恩那句话："我们爱那些受过我们好处的人，远过于那些给我们好处的人。"

69. 你还是那么美丽，那么让我目眩神迷，你悄悄地偷走了我的吻，却不留一丝痕迹，任我痴情地呼唤你，在我的每一个梦里。

70. 你，依然是你，总是你，有情而又无情地闯进我的每一个梦里，无情而又绝情地偷走我那仅剩的一点点睡意。

71. 我真的很想你，又真的很怕见到你，我怕看见你残酷绝情的眼神，怕你消灭了我对你的所有爱意，没有丝毫的残余。

72. 也许，我不该遇见你；也许，我不该遇见了你又爱上了你；也许，我不该遇见了你又爱上了你却又忘不了你；也许，爱情于我而言永远都是一个我解不了的谜。

73. 因为爱情欺骗了我很多次，所以我开始慢慢地学会欺骗爱情了。但是，我还是输得一败涂地，因为我这个赌徒对她这个庄家而言，永远也没有完胜的任何可能。

74. 不要奢望爱情能给你什么，给予才是爱情的真谛。

75. 时间在分分秒秒地飞逝，我不知道我是否依然爱你，为你而落下的失眠症依然在折磨着我，仿佛在告诉我答案。

76. 我的心越来越痛，我的心越来越疼，我已不知道痛和疼有什么分别，我所知道的只是爱是这个世界上最有杀伤力的武器，因为爱所向无敌，所向无敌。

77. 我可爱的人儿，我不知道你是否相信这个世界上有神灵，但是我于冥冥之中感觉仿佛有某种力量在指引着我来爱你，在支持着我来爱你，难道你就是我命定的缘分吗？我，无从逃避；我，无从遁逃。

78. 我的算术不好，可是我却认真地计算我爱你的每分每秒；我的几何不好，可是我却天真地描绘你生活的甜美空间。我的睡眠也不好，因为当月亮开始睡觉的时候，我依然在为你失眠。

79. 我不知道我该如何爱你，难道我时时刻刻想着你，分分秒秒担心你，这就是我爱你的方式吗？我应该这样爱你吗？难道我不应该付诸行动吗？难道我不是应该反思自己能给你什么？难道不该勇敢地告诉你吗？我竟然期待你有超能力可以听到我内心的风暴，痴愚怯弱的我。我怀疑我自己，我反思，再反思，我想，我会反思出最好的方式爱你。

80. 我不知道我是否依然爱你，我慢慢地有了一种感觉，感觉也许我爱的不是你，而是爱上了爱情，而你只是爱情的一个载体罢了。真的，很想对你说声"对不起，请原谅"。因为我真的不爱你了，我关于爱情的知识储备已经用尽，我不知道由心出发该如何去爱一个人，我真的没有任何办法任何能力来爱你了，对不起。

81. 一直以来，在我的脑海中，不停地闪现你向我表白的那个画面；一直以来，在我的心思中，不停地播放你向我表白的那个场景。一直以来，为了你，我有了很多个一直以来，最重要的那个一直以来是：一直以来我都在爱着你、想着你、等着你，没有言语，却不离不弃。

82. 有一个问题，我思考了很久很久，却始终得不到任何答案。爱情为什么始终逃不掉覆水难收这件漂亮却带刺的外衣的裹附呢？是因为那句"我错了"没有说出口，还是因为那句"分手吧"说出了口？

83. 如果爱可以穿越时空的话，那么你就应该知道温暖你额头的唇印是我给你的最好的梦中礼物。

84. 我们来试着用从前、现在、以后，这三个词来造一个句子吧。如果可以的话，那么我会造这样一个句子，那就是从前的我在用眼睛爱你，以后的我会用生命爱你，现在的我善用时间爱你。

85. 凡是真挚的爱情无不遭受着磨难和挫折。

86. 爱一个人，准是连他的缺点也爱。

87. 都说人定胜天，为什么却有那么多爱情的忠实信徒被命运玩弄于股掌之间呢？因为还有一句话说："谋事在人，成事在天。"

88. 也许我真的该睡觉了，因为公鸡都报晓了，但是你可知道我派遣了一个连的蝈蝈侦察兵到你的窗外守护，却没有一个回来向我报告你安安全全甜甜美美地睡着了，不清楚你是否安睡的我怎么能睡得着呢。

89. 当你的脑袋一片空白的时候，最好什么都不要去想，什么都不要去做，你唯一要做的就是脱掉你的外套，脱掉你的鞋袜，如果可能的话再洗个热水澡，然后钻进被窝，捂得严严实实，继而舒舒服服地睡上一觉。

当你第二天醒来的时候，你会发现向你所爱的人表白是一件很容易的事，并且成功率很高，前提是你梦中的表白练习她听得一清二楚。

90. 此时的节俭，是为了彼时的浪费，爱情又何尝不是这样呢。没有尝过苦涩，甜蜜从何处而来？

第4节

91. 当我握紧你的手，一丝暖意涌上心头，我不知道这是不是爱的感觉，我只知道我感觉到了温暖，愿你依然。也许，爱就应该这么简单吧。

92. 目光相触那一刻，你带给了我一种独一无二的感觉，更或许是我这一生中难以再次经历的一次愉悦体验。我恍恍惚惚地认为这就是爱情。当我从熟睡中醒来，你早已消失在茫茫人海，只有你残留的丝发和着香水向我告白，纵使我心似海也载不动你对我这样的爱。

93. 疼痛是一种感觉，这恐怕没有人不知道。但是有谁知道疼痛亦是爱情的奴隶，并且任由爱情驱使鞭挞。

94. 我盲目地以为时间能让我停止对你的想念，我盲目地以为时间能让我淡忘对你的爱恋，却不知道时间倒戈投入你的香怀，彻彻底底地把我出卖，我还能拿什么和你比赛？这场爱的淘汰赛，我一败再败，我的爱为你淹没了大海，日日夜夜去灌溉我为你建造的城堡里的每一株花草、每一颗野菜。

95. 我不知道这座城市的天空为什么老是下雨，难道是知道我爱你的伤痛，所以为我掉下一滴又一滴酸楚的眼泪，在这座城市的每一个角落？

96. 有时候，眼泪并不是一个人痛失爱情的唯一殉葬品，残缺的爱情也是殉葬品，完美主义者不容许爱情有残缺。其实，相反我们应该懂得去接受去欣赏爱情的残缺，因为那是一种美，并且实实在在地存在着。

97. 开始很难，结束也很难，这究竟是怎样的一份爱情呢？或许，这根本就不是爱情吧，又或许这就是普世的爱情，爱情本就不容易开始，也不容易结束。

018

98. 我听见你的心跳声，我听见你的呼吸声，我亲吻着你的额头入眠，却在黎明时分泪流满面，原来你根本不在我的身边，你仍然远在天边。但是你的味道却在我的唇角蔓延，慢慢地，快接近危险的边缘。一声呼喊，你的名字，我从梦中又回到了现实，继续孤独着自己的缠绵，无际无边。

99. "亲爱的，把你的双脚伸出来啊，让我来给你洗洗，修修指甲，也许这就是我对你的最好的爱的平凡表达。"很多时候，应该给爱人这样体贴的惊喜，因为这是融入了感动的爱，感动是爱的万年保鲜剂。

100. 请原谅，我不得不拒绝你对我的爱，因为我的心中有一个她，已经融入了我的灵魂的她，我不愿意你做她的替身。因为我对你虽然没有男女之情的喜欢，但我尊重你。

101. 一个人遭遇了爱情的痛苦，就好比一台计算机中了病毒。计算机可以重装系统，一个人却无法抹去一切。

102. 爱，不一定要拥有对方。想拥有对方，就一定是爱吗？也许，只是自私的占有欲作祟。

103. 想你，这还用说吗？那点点滴滴连绵不断的雨水，就是我的思念泪水啊！

104. 如果没有你，我又会爱上谁呢？你就那么值得我爱吗？不敢往下想了，因为我不敢想象没有你的世界会是什么样子。

105. 我不相信命运，我相信爱情，但是我不相信的命运却在左右我所相信的爱情，我该不该相信这该死的命运呢？

106. 多少个夜晚，我为你失眠；多少次祈祷，有没有明天。谁知上苍让我的心一直跳转，一直为你失眠，却也心甘情愿，是谁让我对你的爱深入了我的灵魂？

107. 当我握紧你的手，一丝暖意，涌上我的心头。这个动作已经在我的心中练习了无数回了，但是至今我也没能握紧你的手，哪怕只有那么一秒钟。其实我害怕那一刻的到来，因为当我握紧你的手的那一秒的下一秒，你会对我说："我们分手吧。"

108. 泪水，她悄悄地失眠，在没有你的时间和地点。她反复翻滚，一路向前，拼命追赶，只为看一看你的容颜，好记在心间。万世不变，今生今世只为你失眠，只爱你到永远。

109. 在人间的四月天，这一场雨，勾起了谁对谁的思念，那尘封已久的爱恋，为何总是剪不断，却理还乱。到底是什么拨动了你我的心弦，难道是旧情又想死灰复燃，好燃尽你我的从前，燃尽你我的明天。

110. 时代在等着你成功、辉煌、伟大，时间在等着你去寻求爱情，爱情在等着你娶她为妻。世间的人们啊，尽情地去追逐爱吧。

111. 情话说多了，就成了废话；废话说多了，就成了屁话；屁话说多了，就什么话也不是了。

112. 在煎熬中等待，在等待中煎熬，一切世事皆如此，爱情不例外也不可能例外。

113. 不完整就意味着不平凡，爱情亦是如此。

114. 延时五秒，是一种选择也是一种态度，选择了就选择了，不要后悔，后悔也没有用，要勇于承担自己的责任。所以，我一直在坚守，为自己的爱情坚守，为自己的选择坚守，坚守，坚守，再坚守。

115. 我写过很多诗来表达我对你的爱，我写过很多歌来表达我对你的爱，我甚至想用我拙劣的画笔来把你从我的心中请到那精美的画布上，但是这一切都是徒劳，无助的徒劳，因为我办不到也做不到，该怎么忘了你才好。

116. 很多时候，我都在心中回味你的那句话。是的，时至今日，我不得不承认，我对你的爱，对你而言，确实是一种修行，于我而言，亦是一种负担。所以，为了你的自由和幸福，我选择放手；所以为了我的新生和未来，我选择放手，永远地放手。

117. 十年前，曾经的我对你说过，我会默默地爱着你、等着你；十年后，现在的我依然在默默地爱着你、等着你。但是你早已消失在无边无际的时空里，没有丝毫痕迹，我，无处追寻你遁逃的秘密。

118. 爱情，很多时候是不需要言语的，只要安安静静的，就好。于真爱而言，更是如此。

119. 再现，融合，在我的每一个梦里，我都在重复这一件事，再现的是你的情影，融合的是你的情影。我开始有些厌烦这项工作了，但是我仍然会坚持。因为梦见你，我睡不着；不梦见你，我更睡不着。

120. 我把你捧在手心，你却把我踩在脚心，并使劲地踩了几脚，那一刻，我对你的爱，结束了。

第 5 节

121. 那些爱的往事，就让它过去吧，让它在时间的角落，为我竖起爱情的碑。

122. 我在地平线等着你，这是我对你说的最后一句话，请你一定记住，别了，我的爱人。

123. 你的样子，你的影子，就是我过的日子。哦，忘了一个字，那就是"想"。亲爱的，原谅我一厢情愿把你纳入我的生活，和你的未来是我的梦想啊。

124. 很多时候，当我已经快忘记你的时候，却总有别的女孩来扰乱我平静的单身生活，我不得不顺口说一句，我有女朋友了，以此来排忧解难，却又把你从我心中脑中渐渐远去甚至模糊的身影复活了。难道这就是我的爱的宿命。

125. 耐不住寂寞的人，是很容易恋爱的，因为这类人很容易冲动，而冲动往往是恋爱的催化剂。

126. 原以为忘了你，我会睡得很香甜。但我成了失眠人，不想你的我，寒彻血骨，我不得不想你，好让冰冷的我有一丝丝暖意，就此慢慢地睡着。原来，与我而言，你真的不可或缺。

127. 当我第一次见到老张脸上的那道伤疤的时候，我很吃惊也很羡慕，因为那道伤疤确实增加了他的魅力。当我的脸上也有了这样一道伤疤的时候，我既有欣喜又有惆怅。我恍然明白，得不到的东西，永远是最好的，得到的东西，总是缺少光彩，这也许就是美妙的幻想带来的后果吧，我这美妙的幻想残害了我多少爱情的胚芽啊！唉！

128. 当你把你的一丝黑色头发轻轻地缠绕在我那几根银丝上的时候，我知道你是爱我的，但是我不能爱你，我能拿什么来爱你呢？贫贱从来都不是爱情的基石。日月更替，岁月更迭，当我越来越富有的时候，为何我变得更加贫穷，甚至一无所有，因为我早已失去了你对我的爱，失去你，彻彻底底的。追悔莫及，早已不是能表达我心情的语言，对你偶尔的思念，也回不到从前。我明白了，贫贱确实不是爱情的基石，但富贵也不是，真心才是。

129. 难道我伤了你的心，并且只伤了一次，你就要在我的每一个睡梦中呼唤着向我迎面扑来把我惊醒？叩问内心的深夜，请你不要来打扰，愧疚的心已将我囚牢。

130. 爱情，是一种无色无味的毒，令人防不胜防，所以我万般小心。对玫瑰小心，对巧克力小心，对电影院小心，小心任何与爱情有关的元素。某一天，路边的一个女孩趔趄，我失算地扶了她一把，她用小鹿般的眼睛在我心头下了爱情的毒。哎，我还是不够小心。

131. 请不要把爱情当作游戏，阴谋是爱情的敌人，赤忱的真心应该与高尚的深情随行。

132. 听一首情歌，就能触动你在我心中的那根丝弦，仿佛每一个调调都那么动听那么动人。我知道，不是情歌动人，是回忆里情歌响起的时候，你的微笑动人，你的拥抱动人，你的声音动人。

133. 很多东西不属于我，正如我希望得到的爱情。求而不得的爱情，即使得到了，也是守不住的，爱情是双人舞，不是独角戏，应该邀请对方，而不是强求对方。

025

134. 我在上一秒爱上一个人，在下一秒又爱上另一个人，我一个人也没有爱上，也没有一个人爱上我。如此随意的爱，根本不叫爱。

135. 面对爱情的橄榄枝，我深深地陷入了艰难的选择之中，我迷失了自己，茫然无措，还怎么去寻求我的真正的爱情呢？啊，真正的爱情无须选择，它是直觉的引领，是情绪的召唤，是命运的指引。

136. 我的爱情城堡不允许有一丝一毫的误差，误差意味着不完美，那不是我所期望得到的爱情。不是我所期望得到的爱情。那我又何必去追求去接受呢？爱情的风险犹如漂流在浪涛中的孤舟！更何况我还是一个完美主义者、保守主义者呢？

137. 你不是我的真命天子，我们的缘是错位的相遇。对不起，我要辜负你的爱意了，我要继续等待，等待一个一眼万年的爱人。

138. 爱她的人可太多了，他们送来钻石、玫瑰和华丽的礼裙。可她喜欢星空、书本和宽大的裤子。那天，一个不起眼但眼神澄澈的男孩送来一份礼物，她漫不经心地拆开，是一册讲星空的书。她眼前一亮，叫住了那个男孩。爱一个人，不该是给对方我能给的，而是给对方真正想要的。

139. 每一个人的眼睛都会诉说自己的心事，那些关于爱的只言片语，也许正由他或者她的眼睛在直播呢。

140. 时隔多年，当你把你的失而复得的恋人拥入怀中的时候，还是当年所能感觉到的那种味道吗？既然泪流分手又何必牵手复合呢？重温旧梦，只是一场梦。

141. 爱情带给你的欢乐远远不及带给你的伤痛多，为何你还渴求爱情？你说，伤痛是成长的印记，没有爱情的伤痛，也会有其他伤痛，生活是无法回避伤痛的。

142. 在这个随意说出我爱你的时代，你已不相信爱情。该如何让你相信我真诚的爱意，我给你温暖的春天可以吗？给你灿烂的夕阳呢？或者皎洁的明月，或者绚烂的宝石，还是给你我守望的一生？

143. 你快回答我这个世界上是先有生活还是先有爱情？如果先有生活的话，那么我会选择爱你，如果先有爱情，那么我接受你对我的爱。

144. 面对你曾经爱过的人，逃避不是一个好办法，但又有什么好办法去勇敢面对呢？我的勇敢早已被你的无情击碎。

145. 可以谈爱，但不可以谈爱情，这就是我的爱情观，我给你纯粹的爱。晚安，你这个糊涂地爱着我的人。

146. 来生再也不爱你，因为爱你太累，你将我流放深海，我永远地失去上岸的机会。上苍也对此为难，因为爱情也是上苍不愿触碰的禁区。

147. 我只是一棵小树，但我允许你这株藤蔓缠上我，攀附我，利用我，一路向上，我愿意牺牲自己，送你去见朝阳。

148. 也许上苍说过，每一个人在享受幸福的同时也在承受着苦难，反之，一个人在享受爱情的幸福的同时亦在承受着痛苦。

149. 当我面对和你长得有几分相似的女孩子的时候，我会脸红，我竟会脸红，这是怎么回事？我早就不爱你了啊，而你也早已消失在我未知的世界了啊。难道我依然爱着你，或者我爱上了与你有几分相似的那些女孩？这是不可能的，绝对不可能的！因为我的爱已经被你埋葬了啊！你这个曾经爱过我的人，忘了吗！忘了吗！你不该忘的！你不该忘的！因为你那飞蛾扑火式的爱，焚烧了你亦焚烧了我啊！原来一直以来都是我自欺欺人，我还没有燃尽，我仍然在爱着你。

150. 恨有着比爱更大的力量，爱我的人已经不再爱我，恨我的人依然恨着我。没有一个我曾经伤害过的女孩愿意原谅我的错，救赎我的罪。原来恨比爱更热烈，更长久，更紧密。

第6节

151. 总有一天，你会被爱情驯服的，变得不动神色，悄无声息。千言万语都藏在喉头，万般神情都掩在心中。

152. 凌晨三点钟，你打来电话，只若无其事地说了一句"我会恨你一辈子！"我辗转难眠，如梦初醒。清晨，当第一缕清风冲向我的时候，我仿佛感觉那是你的气息，我试图抱住你，可你已随风飘逝，无影无踪，剩下蔚蓝的天空，向我偶尔眨眨眼睛。

153. 在我的窗前，你像明月一样，倾泻着温柔，像嫦娥一样，舞动着霓裳。我问，你想诉说什么心肠？你说，是你在倾诉心肠。

154. 你说你会恨我一辈子。恨我一辈子，又能怎么样呢？你就像那小王子的玫瑰，始终不肯放弃你的刺。你那积习已久的自傲脾气，是你自己种的苦果，为什么要找我做替罪羊呢？

155. 朦胧了你的眼，却亲吻着你的泪，这就是我，你所谓的真命天子！爱情在粉饰着伤害，你没有看清，我也不允许你看清。

156. 如果眼泪可以拯救或者换回你已逝去的爱情，那么我不得不怀疑你那失而复得的爱情还是最初的模样吗？分手吧，彻彻底底地分手吧！既然选择了分手，又为什么不彻彻底底地分个干干脆脆呢？我知道你害怕，你害怕失去他，你害怕失去他给你的安全感、归属感，但如此说来，你爱的还是他吗？不是！绝对不是！你们两个爱的都是你们自己，你们两个，一个把对方当作依靠，一个把对方当作宠物。这种不平等的爱情，能称为爱情吗？即使能，那也是虚幻的、荒谬的。可怜的女人，你就清醒清醒吧！但是我知道你是绝对不会清醒的，你是那么柔弱，柔弱的似乎连可怜这两个字都不足以形容你的柔弱。不！应该是连可怜这两个字都不愿承载你的柔弱。都说女人柔弱是善良的天性，为什么你的善良的天性却会被一个男人轻而易举地挥霍无当、蹂躏百创？女人啊，女人！你这个可怜又可恨的女人，你何时才能独立自强，新生绽放？难道太阳的荣光也不足以把你点亮，难道水的洁净也不足以给你营养，难道，我真不知道还可以在后面加什么词了，因为你真的把我难倒了。真的，纵使我有一支如椽巨笔，也挥写不了你的哀愁。纵使，纵使再多，也一无是处。因为我也没有任何能力拯救你脱离苦海，因为我不爱你，就没有动力。而你，已然成了一株小小的水草在无边无际的茫茫苦海里，漫无目的地漫游，漫游，漫游，漫游……

157. 你爱的人不一定能找到对的人，所以说，在爱情的世界里男女是绝对平等的。但是有很多男女却不珍惜这种平等的权利，为此纷扰繁杂的尘世才会上演一出又一出爱情悲剧，原因只有一个，很简单，那就是你爱错了人并且不善于等待。

158. 从前的我很喜欢看雨、听雨，迷恋着那天空中丝线的美丽。现在的我却怎么也喜欢不起来了，因为我的身上有一处伤口在撕心裂肺地疼，原因就是它对雨过敏。我不敢说这是爱你的代价，因为我和你还没有轰轰烈烈地爱过，哪怕一次，哪怕一分、一秒。眼看乌云的眼泪又将如丝如画，我只能接受疼痛的再一次洗礼，淡然一笑，复习着，"我还想着你，我还恋着你，我还忘不了你。"直到乌云停止哭泣，太阳又送来阳光的美丽，我依然痛在原地，无声亦无息。

159. 一个人不可能轻易地将他心中的秘密诉诸他人，因为能轻易诉诸他人的，还算是秘密吗？更重要的是，秘密是埋藏于伤疤之下的记忆，谁愿意自己的伤疤被他人撕裂翻看呢？另外，能勇敢面对自己伤疤的人又有几个呢？

160. 就在刚才，另一个女人的体温还在我的股掌之间蔓延、燃烧，一开始是我紧紧地抓住她的手，慢慢地我感觉她的手在反抗、在挣扎、在试探，瞬即又把我的手攥得是那么紧，那么有力，那么超乎我的想象。我不知道是否每一个失恋的女孩都在期待另一种甜蜜，另一种幸福的到来，以此来填补那逝去的空洞和乏味。但是我知道了女人真的是水做的，需要不停地流动，即使是静止的，其内部也在疯狂地呼吸，疯狂地运动，超乎你想象的想象，因为你根本就无从想象。我真的想抛开我的那些所谓的择偶标准，来疯狂地，不顾一切地爱一次，爱一回，爱一场，也许就此定了终身，了了尘缘，灭了贪嗔之念，就这么循规蹈矩地生活下去，直至终老，直至我的骨灰在大海里成为虾鱼之料，直至……不，我不能，我真的不能！我放弃了一个又一个女孩，虽然她们都或多或少地爱了那么几秒钟，但是我不能！这不是我要的爱情，真的不是，我已经厌烦了这样表达我的爱情的思想，但是却羞于找到比这更好的词句，真真的扫兴，我的细胞、我的躯体、我的思想、我的灵魂、我的那欲罢不能的欲望、我的那百转千回的愁肠。我想要诉说的还有很多，很多，可我却只能说这么多了，因为虽然笔还有心，却无处游荡了，因为虽然我还有心，却俨然一副皮囊了，一块又臭又烂的皮囊。

161. 我很感谢你当初拒绝了我，让你的纯美形象在我的心中定了格，这样很好，你就当之无愧地成了我心中的女神。你一次又一次义务地审核我的追求者，给我最正确的答案和最真挚的建议，让我一直单身着并一直单身的快乐着。放心吧，我的女神，既然你这么一直守护着我，我也会一直这么守护着你的。当一个合适的时刻到来，当一个合适的女孩在一个合适的时刻到来的时候，我才会把你封藏，我才会把你埋葬。我的女神，请你原谅，因为我会去勇敢追求、勇敢把握，那迟来的属于我的爱情的精彩与美丽，以此来一个华丽的蜕变，举翼飞翔在无际亦无边的蓝天。

162. 灵儿，我想你了。我突然很想念你的声音，很想念你的眼神，很想念你的味道，很想念你的香唇在我的双耳之间厮磨，很想念你，真的很想念你。灵儿，是你吗？是你吗，灵儿？你是叫灵儿的那个和我恋过、爱过的女孩吗？你不是，我就知道你不是！那你又是谁呢？就在刚才，你还与我在激情中幸福，怎么顷刻之间，你就若云雾般飘散、湮灭？哦，我终于知道你是谁了，我终于知道你的名字了，你是快乐，你是幸福，你是爱情，而你的名字却是短暂，却是虚无，却是幻灭。

163. 当我面对一个又一个英文单词的时候，我就在不经意间想起了你，因为你就像这些英文单词一样，在我的眼前晃来晃去，却从不靠近我。而我想尽千方用尽百计也靠近不了你，更别说走入你的心里了，这就是尘世间万千悲哀中的一种，这叫作错爱。

033

164. 我的心中埋藏着许多秘密，其中很多都是关于你的，为此我变得寡言少语，甚至都不会用舌头讲话了。另外，我的舌头确实也该退休了，毕竟也锈腐得差不多了，留着也只不过是个摆设罢了。这样也好，等到某一天在一个恰当的时候让它复活、苏醒，唱着爱的赞歌，向你表达我的爱慕，我的崇敬，我的炙热之情。

165. 爱上你之后，我悟出了一个真理，雨不是用来躲的，而是用来亲吻的；不爱你之后，我又悟出了一个真理，雨不是用来亲吻的，而是用来敬畏的；当我不再用爱与不爱来定位你与我的关系的时候，我再次悟出了一个真理，雨不是用来敬畏的。

166. 每个人的心灵都是一条河流，可你为什么偏偏要在自己的河流上建造一座又高又大又坚固的水坝呢？建造一座水坝就算了，可为什么从你的水坝里流走的是快乐是幸福，而留下的却是悲伤和痛苦呢？这倒也可以算了，可你为什么没有意愿炸掉这座水坝呢？都说人生短暂，可你为什么收集痛苦却放走幸福呢？哦，原来你想做一座丰碑，用历史之刀镌刻，用真相之笔书写，成就一座丰碑。但，这样做未免夸张了一些吧。因为你不过就是一个普普通通的爱情罢了，有必要把自己包装的那么严实那么可贵吗？放下你的架子吧！稀罕你的世人着实不少，可我是那么容易被你俘虏的吗？你也太小看我了，我敬畏你绝不代表我惧怕你，我爱慕你绝不代表我乞怜你，你最好认认真真具具体体深深刻刻踏踏实实地认识到这一点，否则你会输给我的，并且输得彻彻底底惨不忍睹的。这是你要的结果吗？好了，狠话我已经放完了。该认错了，亲爱的，请原谅我，请原谅我依然爱着你，依然爱着你，爱着你。

167. 每一个人都应该做一名收藏家，你不用害怕，因为你有这种天分，只是你一直没有发现而已。你已经生活了，所以你或多或少地收藏了。生活的点滴，你收藏了，这样就好！但是，这样的好，还不够，你需要把自己炼成一座高大坚实的熔炉，以此来锤炼你的收藏，这样你才能锻造出精品。因为生活不应该只是自然的、质朴的，也必须是华美的、高雅的。你觉得呢？你不认同也没有关系，总有那么一天你会明白并向往这种生活态度，这种生活思想。到那时，你不只成长了，你也成熟了，这样的好才是真的好。真的，这样的好才是真的好！我将一直追求，一直寻觅，直至终老，不离不弃！现在请允许我使用我的一句常用语，那就是爱情又何尝不是这样呢。

168. 迷茫无助了许久许久，猛然发现其实每个女人都是一座迷宫，如果你不小心误入其中，那么你一定要找到那把开启迷宫的钥匙，不然你定葬身其中，尸骨难全。我并非要给女人扣上什么恶魔的帽子，而是女人太过伟大，太过神奇，容不得一些男人中的败类去污毁去荼毒。也非是我要给男人、女人下什么定义，做什么结论，而是在爱情面前，无论是男人还是女人，都变得不堪一击，羸弱无比，都希望对方给出关爱，却从没想过自己献出关爱去温暖对方。这或许是爱情的自私，这是可怕的。更为可怕的是自私的爱情，由此仿佛觉得这个世界上任何外表华美、内蕴淳厚的事物只要披上了自私的外衣便就黯淡无光，丑不可言，不值一提了。当然，这些不过是我的一些不成熟的、幼稚的，不全面的、残缺的，不理性的、偏激的，什么什么的看法、意见吧。总之，在爱情的滚滚洪流前，少男少女们要慎重、慎重、再慎重。说了这么多空话、套话、废话，反正什么话吧，不为别的，只为加个保险，给你的爱情加个保险。虽说这很保守，却也安全那么一点点。有安全才有质量；有质量，生活才有意义。不是吗？当然，由此我也暴露了我的一个重大的思想缺陷，那就是我是一个注重结果的人。其实这也没有什么不好，我已经习惯成自然了。转回来说，其实我不只注重结果，也注重过程啊，但是过程与结果相比之下，我会毫不迟疑地选择过程。那是绝对不可能的，那就不是我了。我就是我，一个独一无二的我，一个特立独行的我，我已经很多次在很多纸上写过这一句话了，但是仍然不厌其烦，为什么？因为坚持。人啊，一辈子活着不容易，乐活着就更不容易了，活出自我，活在自我，活了自我，就已经是莫大的成功了。何必要贪嗔痴怒那些不必要的事物呢？何必要骄奢淫逸那些不必要的事物呢？还是那句老话，顺其冥冥之中，自有天定的自然，便一切顺了，顺了一切。便一切了了，了了一切。至此，人生还有何求？

169. 我欺骗你，是，我是欺骗了你。我假装看不到你的美丽，假装对你没兴趣，我假装不想要你的联系方式，甚至没有观众时，我看见橱窗里美丽的连衣裙，我也假装没有想起你。

170. 请你不要怀疑我和你的女朋友的关系，我们是很正常的一般的普通的同学朋友关系，你怀疑我这倒不要紧，你不信任你所爱的人，这可就麻烦了，猜疑会瓦解爱情。

171. 又见你那瀑布般的黑色水晶丝，在春天里的微风中摇曳，飘渺得近乎绝尘的清丽，令我久久地目不暇接，近乎晕厥，若有若无的灵快之感蔓延，进而燃烧我的思绪，我的灵魂的处女地。又见你那徐徐弹唱的脚步，似一曲高山流水，意境纯美，酣畅淋漓，沉醉湮灭了我的心窝，我的灵魂的处女地。又见你那曼妙的腰肢，又见你那纤纤的玉手，又见你那曲线的舞动，可我看不见你的脸，我只能看到你的背影，请允许我静静悄悄默默无闻地掩藏在你的背影中，采集收藏你那与众不同万中选一的美丽。我相信有一天，我会拼尽全力毫不犹豫竭尽全力不离不弃地为你写一首诗，写一首歌，甚至写一部小说。请原谅我暂且也许永远都不知道你的名字，就请让我叫你一声穿蓝色衣服的大女人吧，谢谢。

172. 真切的情谊应该得到感激，而不是谴责。不要践踏爱你的人，即使你不爱他，也请尊重他。

173. 喜剧，一看一笑，就忘了；悲剧，一看一哭，忘不了。我的爱人，我应该给你表演什么剧?!

174. 不知道为什么一面对你，我就有好多好多的话想对你说，你就像自由女神一样在我的心中屹立，赐我以无穷的力量，指引着我前进的方向。虽然坎坷，虽然迷茫，却永不离弃，永不凋亡，直至我迎着初生太阳的曙光，飞向梦中那遥远的地方，徜徉徜徉徜徉……

175. 信口就是胡言，顺手就是醉颠，想不风花雪月，不朝三暮四，今朝春风里眠、明日冬风里醉都不行。如此的一个人就是我？你抱怨你爱我爱得太委屈太受伤，但你可以远走，你可以高飞嘛，你何必那么在乎你对我的爱呢？不值得，真的不值得，我都替你叫不屈鸣不平啊。你走吧，走的时候把房门钥匙留下，如果有备份也都留下吧。说完，一把钥匙朝我飞了过来，又一把钥匙朝我飞了过来，又又一把钥匙，哦，不！是她朝我飞了过来，她又一次成功地扮演了百宝箱锁的角色，而我则再一次充分地发挥了万能钥匙的作用。

176. 不知道从何说起，我感觉我爱上了你；不知道确切的时间，也许只在初见你的那一面；也不知道明晰的地点，是操场？是食堂？还是……哦，原来是在路上，对，是在路上。在路上，你就像一支绝美力绵的画笔，涂抹出一幅又一幅出水芙蓉般的油彩画。你是那么的骄傲，嘴角的微笑从不轻易地逃出迷宫；你又是那么的谦虚，双脚的舞步不时天真地释放微笑。我万般困扰，不禁想悄悄地溜到你的身旁，作你穿的鞋，作你披的衣，作你戴的饰，作你食的物；只求揽一缕你的柔丝入怀，安眠；只求取一丝的你的体温入血，安眠；只求送一个吻给你，安眠；只求献一颗心给你，安眠。安眠，难道我为你失眠了吗？我想是的，我不能再一次欺骗自己了，我想我应该勇敢一次了，追求你，追求我的爱，但愿你不会又像一个我永远也解不了的梦将我困扰，将我深锁，将我埋葬。因为我已经沉睡了千年，需要你的体温，需要你的热血，需要你的灼泪，需要你的红心，将我这一粒死灰点燃，点燃！至此我将永远生生不息地燃烧，燃烧，直至你我的生命终老，灵魂的朽槁，却恒在你我爱的世界里缠绕，缠绕，缠绕，缠绕……

177. 当一个人习惯于贫穷的时候，他就不知道什么是富有，更别说渴求富有了。换言之，当一个人习惯于单身的时候，他就不知道什么是爱情，更别说渴求爱情了。

178. 翻手为云，覆手为雨，是谓云雨。所以你把你的手翻过来，我把我的手覆过去，就是云雨的暗示，或者想要云雨的一种信息传递。所以请不要随便牵手，你负不了那种责任。更不要随便放手，因为你已经牵过手了，你应该负责。

179. 当满天繁星的晚上月亮依旧是那么的亮，当我爱着你的时候，那么多女孩爱着我。

180. 没有人愿意回到过去，谁不知道过去意味着伤痛，意味着辉煌，意味着许多许多说不清道不明的过去的过去。

第 7 节

181. 没有了观众也就没有了表演，从某种意义上来说，这是无可厚非的。但是你为什么不能把自己当成这个世界上最好的观众，为自己上演一出最完美的戏剧呢？我想我应该为我自己上演一出最完美的爱情剧目了，毕竟岁月不饶人啊。

182. 一种望尘莫及的美，将我深深地打动了，我无语言亦无泪流。

183. 我的背后仿佛总有一双眼睛在盯着我，当我回头寻望，我看到不止一个人在为我忧伤，满眼是泪，痛断肝肠。我不是负心郎，我连郎都不是，又怎么负心呢？我只是个游荡的灵魂，仅此而已。

184. 管好自己身体的每一个零件，对，我要管好我身体的每一个零件，不能让它们过度劳累，不能让它们为了所谓的爱所谓的情所谓的爱情而过劳致死，那不值得，不值得，真不值得。

185. 用自己的右手打自己的左脸，我做不来这种事，可为什么我会等你消失在天边的时候，才想起我应该爱你呢？

186. 太多个不愿意，太多个来不及，太多个什么又有什么用呢？你已走了，走远了，走太远了，远到看不见了，远到想都想不起来了，真的太远了。

187. 触动我尘封的记忆，在不经意间，泪溜出了我的眼眶。你啊你，你脖子右边那烫伤的印记时刻都在提醒我，召唤我。你可知道，就在刚才我忽然发现，我亏欠你最多，我的心一阵又一阵的绞痛，痛，痛，痛。怎奈你是那样的一个多情女子，你是那样的香艳浮华，仿佛天边那最美的云霞，飘飘洒洒，我怎么去追寻，怎么去触摸，我给不了你什么，我什么都给不了你，那我怎么来爱你呢？原谅我吧，原谅我吧，原谅我吧！

188. 我不知道你头发的味道，我不知道你衣服的味道，我不知道你香水的味道，我不知道你肌肤的味道，但是我知道我爱你的味道，那是一种无色无味无语无言的味道，味深远，道深邃。

189. 每一本书都有自己的灵魂，每一本旧书的灵魂都被他人占据过了，所以我不看旧书，不忍心看旧书，因为我不愿意做第三者、第四者、第几者……再去占据一本书的灵魂。因为这已经不是占据了，而是蹂躏，而是践踏，而是毁灭。我的爱情观亦是如此。

190. 我已经习惯爱上你了，我该怎么习惯不去爱

041

你，不去想你，不去念你，我该怎么习惯没有你的早餐，没有你的双人床，没有你的一切呢？没有你，失去你，忘了你，都不是一件容易的事。可我已经被容易施了魔咒，所以我就这么容易地从你的世界消失，所以我就这么容易地从我的世界迷失，所以我就这么容易地不容易地为情所用，为爱所伤，为你痴狂。

191. 是时候结束了，因为你已经逃跑了，那我就坦然接受吧。结束吧，结束吧，结束吧。我在心里恳求，我们以结婚为结束吧，为什么一定要以分手为结束呢？

192. 不是我在上网，而是上网在折磨我。这年头，讲配置啊，有了好电脑，还需要高速宽带，还需要高超的电脑操作技术，日新月异，追都追不上啊，就跟你一样。

193. 爱情不是出自计算产生的，更不是出自理性，我爱你全出自情感。我的脑袋还没开始计算，我的眼睛已经说出了喜欢。

194. 要散布阳光到别人心里，得自己先有阳光；要想得到一份真挚的爱，得先真挚地爱别人。

195. 人会老，但爱情是不会变老的，他是精神世界永恒的火把，影响幸福的获得。

196. 胖，分为两种，一种是实胖，一种是虚胖，虚实的区别，就好像爱情和情爱的关系一样，原谅我说得这么直白，请原谅。

197. 这个世界上，问题总是多于答案的，爱情尤甚之。

198. 感性回答的话永远是快的，理智回答的话永远是慢的。所以回答"你爱不爱我"的时候，千万不要迟疑。

199. 我付不起这种代价，而且我心里还装着另外一个女人，这对她不公平。因为害怕分手，所以不敢牵手，牵手怎么牵，我不懂，我也懒得懂。习惯一个人了，习惯了，习惯了，习惯了。

200. 堕落的出路是死亡，死亡的出路是轮回，轮回的出路是转世。请问一下，我爱你的出路在哪里？

201. 不知不觉，就写这么多了，奇迹，奇迹，奇迹。奇迹，是因为爱你而产生的。

202. 你都已经选了，我还择什么啊？爱情的主动权一直都在你的手里啊。

203. 成长虽然需要付出代价，但是你付出的代价也太多太大了，更别说你却没有成长或者说成长缓慢，这是为什么呢？为什么呢？因为你不会爱，不懂爱，不舍爱。

204. 醉生梦死，我不愿意醉着生，还是梦着死吧。毕竟，梦里死了也比醉着生强啊。谁让我爱你爱得醉生梦死呢。

205. 美貌，你不是一等一；智慧，你不是一等一。为什么我还爱着你？因为爱一个人是爱对方的灵魂啊。

206. 谣传我喜欢你，我澄清一下，其实那不是谣传。

207. 思来想去，还是爱你，还是只有爱你，虽然爱你不是一件容易的事。

208. 纵然你铁了心的不爱我，没有关系，我爱着你就行了，安静地爱着就行了。

209. 我就是要等你，等你来爱我，等你嫁给我，等你属于我，我等，永远地等。

210. 我越来越怕睡觉了，我怕我一旦睡着了就永远也醒不来了，那我还怎么爱你？

第8节

211. 我意图用五年的爱换你的青睐，我换来的却只有对不起，那是多少月，多少天，多少小时，多少分钟，多少秒啊。

212. 你说你走远了，你说你回不去了，我说你需要一张地图，我说你需要一个向导；你说你的爱情应该是个例外，我说爱情不可能例外，而你的爱情更不可能例外，你沉默了。

213. 你不是原来的你了，这就是你发生的最大的改变。虽然你看起来克制又冷静，其实你骨子里流淌的血液却是放荡不羁的，你可不要否认啊，那不是你，我也知道你不会否认，你只是会一笑而过罢了，你就是你啊，瀑布一样的女子。

214. 徘徊在娇乖与成熟之间，我的爱情女孩标准始终难以定格，为什么呢？因为我还不成熟，因为我还不成功，因为我还不男人？或许从前提就开始错了，爱情女孩没有定格。

215. 毕业了，他丢掉键盘，丢掉球鞋，丢掉风扇，也丢掉了恋人。什么都离开了，只有回忆还在。

216. 莫名其妙的郁闷难道不是为了爱为了情吗？你又何必掩饰自己的内心呢，想爱就去爱吧，该爱就去爱吧，敢爱就去爱吧。反正爱情是一对兄弟杀手，是杀手中的高手，是高手中的高手。

217. 你的手机还没有关机，我的信息还没有编辑，我们都还没有睡，都为了那莫名其妙的还没有确定的近乎夭折的已然死亡的恋爱关系。也许你真的很爱我，也许我真的开始爱你了，也许我们都只是爱上这种感觉了吧，并不真的需要对方的爱情。

218. 人生就是永无休止的考试，这一场考完了，下一场就接踵而至了，片刻容不得你去思考上一场考试的内容，更别说成绩了。在一次又一次的考试之中，我们学会了作弊，以此来无声地逃避和厌弃。久而久之我们就养成习惯了，并且一直这么习惯着。然而等到某一天我们接触人生中的爱情的时候，我们习惯的若无其事地作弊了，原本至真至纯至善至美的爱情就这么被我们糟蹋了蹂躏了毁灭了。我们还满腹怨气怨天怨地，反省自己叩问自己倒成了自讨没趣作秀之举，难道不可笑吗？

219. 谁都知道情爱不等于爱情，但是很多人在很多时候却想着用情爱换取爱情，这现实吗？这可能吗？这理智吗？退一步说，即使获得了，那还叫爱情吗？所以啊，情爱就是情爱，爱情就是爱情，要明确要牢记。

220. 忘记一个人是不容易的，忘记一个你爱的人是不容易的，忘记一个你恨的人是不容易的，忘记一个你又爱又恨的人是不容易的。既然不容易，你又何必拼命而为呢？顺其自然吧，与其忘记还不如记住呢。人啊，有时候忘记的是太容易记住的，记住的是太容易忘记的，一句话，爱恨情仇是说不清楚的。

221. 爱情是一座认识自己的学校，它把两个陌生人圈进相互映照的亲密关系中，在彼此的反馈中发现自己从未看见的死角。

222. 有过就是有过，没有就是没有，你这样掩盖逃避自己的感情历史是不道德的，是不理智的。你这样没人会爱上你，也没人愿意爱上你，你爱上的人就更不可能爱你了。

223. 明知道我笨，你还要爱上我，你爱上我也就算了，你还想改变我，你还想我接受你对我的爱，你这不是异想天开一厢情愿自作自受是什么？是你打乱了我的生活，而不是我闯入了你的世界，你这个霸权主义的小女生。

224. 为了我，我知道你都是为了我，可你为了我都做了些什么呢？逼我和你恋爱，破坏我的名声，伤害我爱的人，这就是你为了我所做的一切。你所做的这一切倒是彻底贯彻和坚决落实了心狠手辣的战斗方针，我都佩服你为了得到我所制订的这些战略方案。这不是为了我，全是为了你自己的控制欲，自私的人总喜欢为自己戴上无私的面具。

225．有的回忆使你快乐，精神奕奕，使你增加勇气。也有另一种，像引发疼痛的引子，每次回想，心口的伤疤就隐隐作痛，只有随着人的死亡才会消失。

226．十五年了，我还是忘不了你，这不是我的错，只因为你的美。时间记住了我，而我记住了你。

227．作为我的回忆，你仍然影响着我的如今，因为你是我生命中的第一个女人，第一个我爱的女人，第一个我爱得如痴如醉的女人。

228．你不知道我有多爱你，那就让我告诉你，为了你，我可以等你十年二十年三十年都在所不惜；为了你，我甚至可以终身不娶清心寡欲都毫不犹豫。如果这都不足以表明我有多爱你，唯一能表明我有多爱你的就是我是为你而活着。

229．你什么时候才能改改你那三分钟热情的毛病啊，我怕你爱我也只是三分钟热度。

230．你的模样在我记忆里越来越虚幻，越来越零碎。这一刻，我甚至想不起你的容貌，也想不起你平时爱穿的衣服。我越来越习惯没有你的日子：枕头一侧是空的，房间很安静，冰箱没有面膜。时间终于快要完全将你从我的生活中带走，趁还有一点隐约的记忆，我祝愿你幸福，再见。

231. 有时间恋爱了，却找不到恋爱的对象了；有恋爱的对象了，却没有时间了。

232. 你说你可以咬碎时间来爱我，可你都为我做了些什么呢？你对我的爱就是占有占有再占有。你把我当成什么了，当成了你的宠物熊，当成了你的宠物狗，当成了你的玩具娃娃，当成了你的私人物品，这就是你对我的爱吗？这就是你对我的所谓的爱吗？好吧，随着你吧。

233. 从经济学的角度来讲，我不应该爱你，因为我付出了巨大的时间成本和惨重的人力资本，却没有一丝一毫的收益。从来不做亏本买卖的我，在你这里亏得一塌糊涂一败涂地一败而不可收拾，却一直一直乐此不疲。因为，爱就是不问值不值得。

234. 当飞机的轰鸣声在我的耳边回荡的时候，就是你的声音在我的耳旁萦绕的时刻，怀念二字怎能吐露我爱你的分量，只剩一曲惆怅在无声吟唱，满眼泪光，却声动穹苍。

235. 疼痛依然在我的血骨燃烧，回忆又在咆哮，想念你的好，无助的徒劳，命休何时，魂归何处。思考，亦是无助，亦是徒劳，忘了你的好，牵强一笑，缘尽分了，一了百了。奢望，来生再与你天荒地老。

236. 我不想哭，眼泪却忍不住抽泣；我不想睡，大脑却扛不住沉醉；我不想醒，心脏却耐不住寂寞。我什么都可以不想，就是不能不想你，我的生命活动程序都被你加载了一个代码，这个代码叫作爱你爱你我爱你。我无力抗拒也不想抗拒，因为你已经占据并控制了我的系统程序，疯狂地篡改和游戏，我拿什么和你对弈。一开始，我就输得彻底，到最后，我只能一败涂地，没有任何回旋的余地。

237. 恨我吧，恨我吧，你就狠狠地恨我吧，谁让你曾经爱我爱得那么如痴如醉，醉生梦死，死去活来呢。

238. 想来想去，我真的是还不成熟，到死我都还没有成熟，难怪你不爱我呢，难怪你不接受我对你的爱呢，难怪你不相信我能给你幸福呢。祝你和一个成熟的他能永远幸福，这是我能展现出的唯一成熟。

239. 浪漫的爱情，需要一种偶然发生的感觉。

240. 自从与你分开之后，我的心中便有了一座迷宫，里面软禁的是我们的过去。

第9节

241. 为了拒绝很多喜欢我的女孩子，我不得不披上了浪荡公子的外衣，但是却让我喜欢的女孩子真的认为我就是一个浪荡公子，进而失去了我的爱情我的幸福，也算一定程度的造化弄人了。

242. 道德，你跟我谈道德，你和两三个男生同时恋爱，噢，天啊，那还叫恋爱吗？你还跟我谈什么道德，谈什么底线，你有这个资格吗？你这个不折不扣的坏女人，你还要我怎么样，你就多担待吧。

051

243. 错过，又是错过，爱来爱去，还是错过。也许我的错过，就是我的罪过，原因也许只有一个——爱错。

244. 五年了，孑然一身，你这样一个女子，为谁，在花的海洋里哭泣；时间点点滴滴，诉说着回忆；过去，你的美丽，泪水，雨滴，幻化成胶片定格，记录瞬间的飘逸；留待，岁月沉睡的梦里，想你，慢慢老去，远去，追忆来不及。

245. 你就是狐狸，狡黠，俏皮，若即，若离。这就是我对你的爱情表白，原谅我既爱你又恨你。

246. 也许当我的骨灰经时间酿造成石油的时候，我会依然爱着你，因为我爱你，不停地爱你，停不了地爱你爱你爱你。

247. 一个承诺，一笔债，我用我的生命还，我用我的来世裁。只为一个情，只为一个爱，只为一个你，只为一个债。

248. 我的话还没有说完，你已哭得昏天黑地，投入我的怀里，死死地将我搂住，近乎窒息的痛苦。幸福，在遥远的国度。

249. 我的世界一片漆黑，等着你用白色画笔尽情涂抹；我的世界一片雪白，等着你用黑色画笔尽情描绘。我的世界，由你主宰，等着你的爱，等着你归来，在没有定期的未来，在永无可能的现在，在等待中的等待。

250. 你就像她的影子，可像就是像，可你就是你，可影子就是影子，不可代替。原谅我不能爱你，为你，为她，为自己，对不起。

251. 我没有做到，我没有做到让你第一个与我手心相连；我没有做到，我没有做到让你第一个与我跳一支舞；我没有做到，我什么都没有做到，原谅我这样的人爱着你，原谅我这样一个只会说请原谅的大男孩爱着你。

252. 我以为时间会给我机会，我以为你会给我机会，没有想到你早就把时间收买了，我还奢望什么呢，赢的总是你，爱情还有什么意义。

253. 你恨我不爱你，你恨我拒绝接受你对我的爱，可你有没有想过我为什么要爱你，你想过吗？哪怕一丝一毫，你没有，我就知道你没有，你也不会有。你想的只是如何占有，如何霸占，如何独吞，你这是爱吗？你这是谋杀，你这是彻头彻尾的谋杀。

254. 看起来是漂亮的，听起来是悦耳的，吃起来却是苦涩的，这就是爱情，这就是痴男怨女们欲罢不能的爱情，这就是披着羊皮的狼挂羊头卖狗肉的爱情。

255. 我，不吃，不睡，疲惫；我，为谁，流泪，心碎；我，不醉，自醉，成灰；我，害谁，哭累，自毁；我，寻路，问路，无悔；我，如一，坚持，死罪。我，你，同途陌路，终归；你，我，生死分离，命理。我，从开始到现在，爱你；我，从瞬间到永恒，爱你。我，开始，现在，瞬间，永恒，爱你。

256. 我知道你爱我，可你为什么要和别的男生恋爱呢，你是想伤我的心吗？你是不敢爱我吗？你是害怕我拒绝你对我的爱吗？其实我也很爱你啊，你怎么舍得这样葬送自己呢，葬送自己的爱情和幸福呢？难道是我自作多情了，你已经不爱我，真相是，你找到了你真正的幸福？爱情啊，真让人百思不得其解。

257. 到今天，我终于明白了，你是爱我的，你是在等着我义无反顾地爱你，可我给不了你期待的童话故事，我只是想给你一个家，给你一个温暖快乐幸福的家。这不正是童话故事的结局吗？

258. 你可以不在乎我的生死，但是你不能不在乎我对你的爱，因为那是我流尽血泪耗尽心力的爱，对你的爱。

259. 人一旦陷入了爱情啊，就会越想越远，还没有确定恋爱关系，就开始思考孩子的名字了。

260. 在爱情中，人们常常是盲目的，浓烈的情感犹如蟒蛇将猎物死死缠裹。爱情让人善妒、情绪化、不分黑白……但是没关系，因为爱和死都是命中注定的。既然无法逃脱，何不尽情体验一场呢？

261. 我终于知道，你不爱我的理由了，说到底，就是女人那张又可爱又可恨的嘴。特别是容易赌气的女人的那张嘴，更是如此。生气却说不气，喜欢却说不喜欢，我已看穿你可爱的小把戏，我亲爱的恋人。

262. 不知不觉，先知先觉，后知后觉，都没有用，因为，上一秒，我爱你；因为，下一刻，我依然爱你；因为，我永远爱你。

263. 夜晚降临，横亘在两人之间的只有沉默，让爱归零吧，让爱归零吧，让爱归零吧。

264. 我养成一个良好的习惯，那就是每天早晨睡醒，感谢上苍让我还活着，让我还可以爱你，还可以多爱你一天，这对于我来说就是最大的幸福，感谢你让我拥有这样的幸福。

265. 中国象棋、台球、诗歌、散文、小说、戏剧、音乐、电影，这些是我的生命我的灵魂，但是这些相对于你来说都是渺小的，惭愧的，因为你是我的生命、我的灵魂的唯一支柱。

266. 你知道我为什么一直喝纯牛奶吗，你知道我为什么一直喝纯咖啡吗，你知道我为什么一直骑纯色单车吗，你知道我为什么一直穿纯色衣服吗，你知道我为什么一直穿纯色鞋袜吗，你知道我为什么一直用纯色钢笔吗，你知道我为什么一直用纯色速记本吗，你知道我为什么一直爱你吗？因为我爱你，因为我爱我爱你的感觉，爱定了，爱死了，爱不离了。因为我爱纯纯的你啊，因为我对你的爱是纯纯的啊。

267. 你的一对白兰鸽扑棱棱就向我飞过来了，我躲闪不及。这充斥着活力的美丽，将我毫不留情地一次又一次电击，近乎昏迷，也不停息。仿佛引领我走入一片新的天地，那里满是芬芳，满是馥郁，满是醉人的甜蜜，好似五彩斑斓炫彩夺目的花园，爱的味道，无边无际。

268. 我见到有两颗小虎牙的女孩不算少，但是我为什么对你那两颗小虎牙久久不能忘怀呢？原来，我并非因你有虎牙而爱你，而因爱你而爱虎牙。

269. 一句英语，一句汉语，你说的那么有条有理，正如你的舞姿，曼妙无比。无比的更是你的修养，你的气质，那更是一种别样的美丽，沁人心脾。

270. 看清现象，看透本质。现象是他不记得你生日，本质是他不爱你。这就是我要对你说的，你这个爱情里无私付出的可悲的人。

第 10 节

271. 你不是笨，你是傻；你不是傻，你是蠢；你不是蠢，你是痴；你不是痴，你是贪。

272. 一个，一个，一个接一个，一个又一个，都离我而去。你们是对的，你们这样做是对的，我给不了你们什么，给不了你们幸福，哪怕是一分一秒一丝一毫的幸福，我都给不了你们。不是我自私自利，而是我太过于苛求完美，这就是代价，这就是迷恋完美的代价。

273. 承受，这是我以前爱你的态度。现在，我爱你的态度是承担，承担你的好，承担你的坏，承担你带给我的一切，这才应该是我对你最深的爱，承担的爱。

274. 回忆，充满痛苦，却不认输。幻想，与你重聚，爱得糊涂，一生一世，只为你，爱的付出。命里的劫数，无从出路，只为守住爱。

275. 对待爱情，为什么你要那么冲动呢？你的理智，你的智慧，都到哪里去了啊，迷路了吗？你啊你，爱情让你眼泪不止，却无法让你停下爱的脚步。

276. 你分手了，你都不接受我对你的爱，你对我就没有一点点爱吗，哪怕是一点点啊，你能告诉我吗？答案显而易见，为什么我还在求一个答案，因为我心中爱的火苗还不愿意熄灭，所以请原谅我这个愚蠢的人和我这个愚蠢的问题。

277. 如果说婚姻是爱情的坟墓，那么我希望我和你一起在我们的坟墓里建造一座爱的城堡，直至我们的终老，亦屹立不倒，飘扬爱的旗帜、情的徽标。

278. 你只需要爱情，而我不仅需要爱情，更需要爱情的结果，而你从来没有想过爱情还需要结果，我们的爱情殊途不能同归。

279. 棋局上，我能打败对手；球台上，我能打败对手；爱情上，我总被对手打败。

280. 我到底最终会和一个什么样的女孩结婚呢，想象中，期待中，二者交替进行中，重复中。

281. 你希望我为你改变，而我呢，也不爱你本来的样子。我们努力寻找对方身上不存在的特质，这太傻了。我们这样还算爱情吗？还是到此为止吧。

282. 我爱慕你，你爱慕他。很久以后，我爱慕别人，你说你爱慕我。爱情的流动到底要造成多少遗憾？

283. 有人爱你，就一定有人恨你，勇敢面对吧，坦然面对吧，淡然面对吧，因为这就是爱的规律。

284. 你怎么永远都是一副傲姑娘的姿态啊，我这样看着你都累啊，更别说爱了啊，你就这样对待我这个你的超级粉丝啊。你可要想清楚了啊，没准哪天我就移情别恋了呢，你可得要有心理准备啊，我的可亲可爱的小姑娘。

285. 一根烟，一包烟，一条烟，怎么抽都是抽，只是分量不同罢了，所以不需要挑三拣四了。有人爱你就很不错了啊，你这么挑来挑去的有意义吗？可是，可是爱情不一样啊，爱情不是两个人互相吸引吗？恋人不是商品，哪存在什么挑不挑的，你挑上对方，对方可是能拒绝的。应该说还没有遇到，是你还没有遇到爱情。

286. 这个世界上你什么都可以招惹，就是不能招惹欲望，否则后果很严重，他随便派个爱情小将就能让你生不如死。

287. 眼痛，头痛，心痛，十指痛，痛彻血骨，痛彻心扉，痛不欲生，这就是我爱你的代价。

288. 也许不爱你很容易，也许忘记你很容易，可你知不知道我是很不容易爱上你的啊。

289. 怪不得昨天我的心疼得厉害呢，原来你分手了，你痛哭，你伤心。我没有想到我会爱你爱得那么深那么重，承受着你所承受的痛。所以你爱我吧，接受我对你的爱吧，嫁给我吧。我的告白如此无法修饰，因为我对你的爱喷薄而出。

290. 是不是我一直这么卑躬屈膝的，你觉得我好欺负啊，你不就是仗着我喜欢你吗？摆什么架子，摆什么谱啊，小心哪天我一不留神把你从我的爱情名单里毫不留情地除名了，到时候有你后悔的，你信吗？哎，不说了，要出门给你买道歉礼物了。

291. 十岁的我，不懂爱情；二十岁的我，还是不懂爱情；三十岁的我，就能懂爱情吗？但愿吧，但愿我能坚持到那一天，并收获自己的幸福的美满的爱情，但愿吧，但愿。

292. 我不知道你在我心中的地位，我也不知道你在我心中的分量，爱情已让我失去理性的思考，我愿将自己交付，你来定义地位和分量吧。

293. 陀螺，风扇，旋转，爱你，永远，信念。

294. 一道闪电，一道雷鸣；一道雷鸣，一道闪电。究竟是先有闪电还是先有雷鸣，究竟是先有雷鸣还是闪电？你爱我，我爱你；我爱你，你爱我。究竟是你先爱我还是我先爱你？这都不重要，重要的是现在我们好好相爱吧，亲爱的。

295. 奄奄一息，死在旦夕，仍然爱你；化作尘埃，飘洒人世，仍然爱你；总而言之，爱你，爱你，爱你。

296. 含恨而终，也许就是我爱你的结果，因为我太注重爱你的结果。没有终成眷属，这不是我想要的我爱你的结果。这样的我是不是很自私，自私地想百分之百的占有你。请原谅，请原谅我的自私，请原谅我因为爱情暴露的狭隘。

297. 为什么说爱情是婚姻的坟墓？因为婚姻里都是没完没了的操心事，附加着无休止的忍耐与妥协。至于爱情，那是自由的小伙子和年轻姑娘之间的事。

298. 爱你吧，你又不接受；不爱你吧，我又不愿意；我能怎么办，我只能等待。

299. 一个女人一个故事，都是关于我。我不知道有多少女人爱过我了，我也不知道有多少故事了。我只知道我爱的只有你，我只知道我依然爱着你，我只知道我爱你。

300. 我用时间熬着咖啡，等着一饮而醉，梦里再回再会，与你的那天那夜，亲吻你的冷艳，触摸你的冰美，不醉不归。用这一回，耗尽我的碧血丹心，只为你的笑，只为你的美，只为你的独一无二的女人味。

第 11 节

301. 原来我是那么的喜旧厌新，原来我是那么的挑三拣四，原来我是那么的不爱你。不过是我自己贩卖深情罢了，细究起来，一切都是那么讽刺，对不起，请原谅。

302. 一句问候，一辈子的守候，一路奔跑，追寻爱的遗留，时时刻刻，点点滴滴，只为你。只为你的爱，只为你的情，只为你在我心中的存在，只为我数十年的等待。愿我在云霄依然能够爱，依然能够爱你，爱得如此专一，超乎世俗的非礼。爱你的路上，奔跑继续，继续，继续。

303. 你很早之前就知道，如果两个人分手，谁爱得浅，谁便离开得更坚决；谁爱得深，谁就更软弱。

304. 有时候，暧昧与爱情只有一步之遥；可有时候，暧昧和陌路也只有一步之遥。

305. 什么都会变质，什么都会过期，所以不要苛求爱情十全十美，坦然地面对和接受爱情的瑕疵吧，因为那才是真正的爱情啊。

306. 一生很长，在苦恼的时候；一生很短，在爱你的时候。

307. 你就像是一件时装秀上华丽的衣服，好看却于生活而言徒增累赘。我能怎么办，不是我不爱你，而是我不能爱你。

308. 害怕重复的我，却不得不重复，谁让爱情是一场又一场不断重复的游戏呢。

309. 思考就像怀孕，书写就像分娩，所以我经历了一次又一次分娩的痛苦，只因为我爱你，只因为我爱你，只因为我要记录我爱你的点点滴滴。印记，印记，再印记，生怕忘了你，忘了我爱你。

310. 请原谅，请原谅，我已经很久很久没有在我的梦里梦到你了，这是为什么呢？是月老把你的红线牵给他人了吗？

311. 指尖的温柔，片刻的暧昧，值得回味。那是你的天真，那是你的痴醉，一厢情愿，逃不过你的美。只是我的谎言，只是我的欺骗，请你原谅，请你原谅，请你原谅我的错你的美。

312. 恋爱不结婚有错吗？结婚不生孩子有错吗？这些都没有错，都没有错。错的是你那老一套的观念，人生没有标准的模式，每个人有权选择自己生活的方式。

313. 爱情的告白，常常是一些陈词滥调、空话、废话，包括一厢情愿地奉承。听了让人心烦，甚至想发笑。但你不得不承认，这些话伴随着鲜活和生机。

314. 没谈恋爱就不能结婚吗，为什么一定要踩了离合器才能挂挡呢？

315. 他乡的美丽，岂是想象就能体会到的啊，还是得靠脚踏实地的实践才能体会啊，爱情又何尝不是如此啊。

316. 水一样的地方，水一样的女人，水一样的美丽，水一样的柔情，只是我们的爱情也如这一江春水缓缓东流，一去就不复返了。

317. 东西南北，各有千秋；天下之大，无奇不有。世界的缤纷只有我一个目睹是一件多么遗憾的事。看云雾翻腾的时候，希望身边有你；坐着热气球逃离地球时，希望身边有你；在剧院体验悲欢离合的时候，希望身边有你。

318. 在婚姻中背叛，是我无法原谅的，因为这没有爱，没有爱就没有一切。

319. 真正的爱绝不只在嘴上，它在日常的行动中彰显。语言的巨人，行动的矮子，是无法收获爱情的。

320. 发动机啊发动机，为什么你是我们爱情的原动力呢，为什么不是永动机呢？看来这又只不过是一场悲欢离合的没有结局的故事罢了。

321. 请原谅我一个从来没有谈过恋爱的毛头小子写下这些关于爱情的片言只语，虽然没有多少字数，但情谊深重，请原谅。

322. 尽头，什么尽头？我说的是劲头，我说的是我有的是劲头爱你，我说的是我爱你爱得可有劲头了，我可爱的姑娘。

323. 你，不要高兴得太早，我只是喜欢你，并且只是暂时喜欢你，而且也不是全部喜欢你，只是有点喜欢你，还没有上升到爱的阶段，也没有提炼到爱的程度，所以你跟我保持点距离。你拉着我的手干吗？好吧，其实我很喜欢很喜欢你。

324. 我放慢了脚步，等着你；我换好了心情，等着你；我强健了体魄，等着你；我净化了心灵，等着你。总之，我等着你，我一直等着你。

325. 你沉迷，贪玩，太自我，你游走在爱情的边缘，是时候拒绝游戏了，只因为时间匆匆如流水，一去不复返啊。

326. 习惯平庸，这应该是我当前最迫在眉睫的一件事吧，所以是时候放下重重的背包和行囊，饮一口清茶，做一个美梦，醒过来，继续谈情说爱吧。

327. 漂亮只是漂亮，美丽就不只是美丽了，所以奉劝漂亮的女人们千万别抽烟，爱惜自己的身体。美丽的女人就不用奉劝了，因为她们自己就很明白这一点，这也是她们之所以美丽的一个重要原因。

328. 是不是单身的女人有一种特别的味道，是不是恋爱的女人有一种特别的味道，是不是结婚的女人有一种特别的味道，是不是生了孩子的女人有一种特别的味道，也许是吧，也许女人在不同的阶段都有一种与之相适应的味道吧。

329. 偶然发现自己好像只是喜欢特定类型的女孩，终于明白都是因为你在我心中的存在。请你离开，我不要这残缺的爱；请你离开，我不要你假意的安排；请你离开，给我一条生路去重新爱。

330. 缘分尽了，也可以坦然地分手，这就是我要的坦荡的爱情。

第 12 节

331. 选择了婚姻就等于放弃了爱情，不要婚姻，我们的爱情又将走向何方呢？

332. 这么完美的拒绝，我真的找不到任何破绽，谢谢你给我这么一次奇妙的爱情的旅程。祝愿你幸福。

333. 在爱与不爱之间，我单身着，就这么一如既往地单身着，就这么糊涂暧昧地单身着，就这么天天熬夜地单身着，单身着。

334. 一觉醒来，触摸床边，空的；想你，泪流，爱你，颤抖，对话，分手，两头，远走。

335. 疼痛不是满足，死亡不是救赎，爱你不是出路。

336. 目标有了，方法也有了，只剩下时间问题了，乞求上苍再给我多一点点时间来爱你，再多一点点就好。

337. 制服情结，也许是吧，不过我可没有见过你穿制服的样子，对于我来说，你穿不穿制服，你穿什么样的衣服，都不重要，因为我爱你，因为我平平凡凡普普通通简简单单地爱你，就这样。

338. 一个人活了那么那么多年，居然还害怕离去，这个世界真的有那么多值得你留恋的爱情吗？还是你那不可遏制的欲望在作祟呢？你说不清楚吧。因为你没有爱，因为你不懂爱，因为你不配爱。

339. 心跳越来越快，越来越快，超乎我的想象，超乎我的承受。我不是惧怕疼痛，我不是惧怕死亡，我只是惧怕没有你的时间，我只是惧怕没有你的地点。我只是不知道，我真的不知道该怎么在没有你的另一个时空用另一种方式生活，请你教教我。

340. 明天，我愿意死在明天，因为我再也受不了为了你日日夜夜呕心沥血时时刻刻提心吊胆分分秒秒牵肠挂肚的生活了，请你原谅，也请你成全。

341. 给自己一颗希望的种子，把它种在未来，用爱的雨露灌溉，你会收获无限精彩，也会生活得更加明白。因为爱，因为希望，无所不在，亦是生命的主宰。

342. 时间无法锁住爱，只要有信念，因为爱，需要信念，因为爱你，需要更坚强的信念，所以我的时间就是信念的时间，不需要你给我一个爱你的期限，因为我会爱你到永远的永远。

343. 未来有多少未知的事情，我无从知道，也不可能知道。但是不管未来怎么未知，有一点是可以明确的，那就是我爱你，我一直爱着你，我永远爱着你。

344. 欲望，一个接一个的欲望，一个接一个充满诱惑的欲望，一个接一个不能被满足的欲望，这也许就是目前我爱你所面临的最大挑战吧。希望你能赐我以力量，好让我胜利地屹立在这战场。

345. 不咸不淡，这就是你对我的方式，这样很好；也许是因为你太聪明了吧，闻出了我对你讲的甜言蜜语有异味，这样很好，对你对我都好，请继续保持，你这个大女人。

346. 说实话，甜言蜜语着实对你讲了不少，不过，至今我都没有仔仔细细地看清楚你的脸啊，你说我怎么继续和你谈情说爱。你总是回避躲避逃避，我的满腔热情、激情、动情不被你的寒冰瓦解才是怪事呢。你啊就继续活在你的回忆里吧，我是拯救不了你了，舍身舍命也不行啊，因为你不思悔改，还执迷不悟，我拿什么拯救你啊，我啊，还是先自我拯救拯救吧，我这个可怜的糊涂虫。

347. 爱情有着无穷无尽的奥妙，文学艺术说不明白，在爱情中的人也说不明白，甚至它自己也说不明白。

348. 看不见青山绿水，听不见鸡鸣狗吠，闻不见鸟语花香，这就是我现在的生活。这就是我为了爱你而过的生活，难道我放弃的还不够吗？也许是我拥有的太少吧，以至于不能满足你吧。你给我一个答案好吗？也好让我知道自己应该何去何从啊，可你不愿意，可你懒得做。我就不明白了，天下的女人千千万，天下狠毒的女人千千万，就没有见过你这样的，你可真是我爱的独一无二的一个女人啊，我不佩服我自己都过意不去啊，亲爱的，你说呢？

349. 没有哪个男人会愿意等你等到那一天，也没有哪个男人会愿意等你，除了我，除了我这个全世界全地球全宇宙的头号大傻瓜，所以你不爱我你爱谁啊，所以你不嫁给我你嫁给谁啊，犹豫吧，徘徊吧，你就这么耗着吧，总有一天你会后悔的，你这个小女人。

350. 爱情骗子，爱情托儿，这就是我的身份，这就是我的地位，这都不是我愿意的，这都是被你逼迫的，你知道吗？你这个让我神魂颠倒的小女人。

351. 有时候，不要把时间算得太精细了，特别是对于爱情来说更是如此，不然的话你会生活得很痛苦的，那痛苦是欲说还休不说白头。你明白吗？年轻人。

352. 蛐蛐又在开音乐会了，我又不得不开始想你了。爱你真的不容易，虽然我没有为你做什么，但是为了完成我对你的承诺，我还是付出了很多。这一切对我来说已经是挑战极限极限挑战了，所以请你再多给我一点点时间，一点点就好，因为我不能前功尽弃也不能撂挑子放弃，希望你能明白，亲爱的，好吗？

353. 化泪水为希望，让希望充满爱，让爱凝聚力量，让力量奔向远方。那里有青青的牧场，还有牛奶的鲜香，白云依偎着蓝天歌唱，马蹄声儿震天响。对不起，请原谅，我重复了，请原谅，也许一座孤岛才是我的归宿我的方向我的灵魂我的躯壳居住的地方，也许告别昨天告别梦想告别爱情告别惆怅告别那个我深爱的女人才是我新生的太阳新生的启航，也许原谅你的无情绝情就是原谅我的痴情钟情，没有什么不一样，因为爱不爱你都是一样的结果，一样的模样，一样的伤，伤，伤。

354. 结婚后，你会很爱你的丈夫，你会很爱你的孩子，你会很孝敬你的爸爸妈妈，你会很孝敬你的公公婆婆，你会很爱你的家庭，但是你绝对不容许你所深爱的男人对你的背弃，你不能接受。因为你用情太专一太深沉太无法自拔，所以你虽然是一个完美女人，但是却是一个最不完美的女人，因为你戴的面具太多太深太难以摘下了。要知道付出不一定要得到回报，要知道付出有回报也不能要，因为付出和回报从来不是等值等价的，所以你完全没有必要斤斤计较。计较也没有用，因为规律从不会偏袒任何人，哪怕你是一个女人，哪怕你是一个完美女人。所以不要把自己的身价估得太高了，要知道你的贬值速度也是很快的。烤地瓜掌握的就是一个火候，你是要生的还是要焦的啊，你自己决定吧。没有人会强迫你，也没有人愿意来强迫你，要知道你就是你，没什么了不起，真的没什么了不起，不是吗？

355. 压力，动力，请不要牵强他们俩的关系，因为他们根本就没有什么关系，人啊人，何必要自作多情呢。

356. 凑个整数也不是那么容易的，你说我爱你就非得爱他个三千六百五十三天吗？我无法把握爱，我只能说，在说出誓言的那一刻我是坚定地认为会爱你很久。但未来会发生什么我不知道，也许在某一刻，我的誓言被打破。但过度忧虑未来，那当下的幸福也会受到破坏。为没有发生的事情提前付出代价，岂不是一种因噎废食吗？

357. 缓冲是需要解码器的，爱你是需要超能力的，这就是我爱上你之后的感觉。

358. 经过时间的锤炼，岁月的洗礼，你才可能得到真爱。但是，我是等不到那一天了，太遥远了，太遥不可及了，太难以企及了，太难以想象了。

359. 人长得不错，性格也很好，但是我不要。我不要精心配对的婚姻对象，并非我孤傲清高，虽说婚姻是爱情的坟墓，但是没有爱情的婚姻又有什么意思呢？

360. 恋爱了就结婚，结了婚就离婚，离了婚又结婚，我就忍不住要问了，难道爱情和婚姻是天敌吗？

第13节

361. 人前显贵，人后流泪；爱时欢快，爱完心碎。这就是当下的年轻男女的爱情现状，为此他们还有她们都不再年轻了，但是他们还有她们从中又成长了多少呢？

362. 搬家，是该搬家了，可是你要我把我的家往哪里搬呢？你就是我的家啊，我怎么搬？不是不愿意的问题，不是舍不得的问题，而是你为什么要我这么做的问题。

073

363. 分手就分手，离婚就离婚，为什么还要破镜重圆，再次携手呢？难道真的要失去之后才知道珍惜吗？可破镜岂能重圆？产生的裂痕无法轻易抹除，除非时间可以倒流，那岂不是世界运行的规律都不复存在了？

364. 既然面对没有勇气，那就逃避吧；如果逃避都没有勇气，那就消失吧；如果消失都没有勇气，那就自己把自己埋在书山文海了吧。因为这样，对你，对我，对大家，都好。

365. 逃不掉你的美，负累；为你，沉醉不归；想你，无泪；无措，迷茫。选择哀伤，自取灭亡，自我娱乐，无常，见谅。

366. 抽一支淡淡的烟，谈一场淡淡的爱，续一段淡淡的情，不要太浓，细水长流，就好。

367. 远，就是为了近，近，就是会变远；深，就是为了浅，浅，就是会变深。过去，遗忘了，也是一种幸福，因为爱情历经了远近深浅之后，需要的就是遗忘的幸福。

368. 在一个喜欢自己的女孩面前说自己有多喜欢另外一个女孩，也许这就是人世间最残酷最无情最冷血的一种惩罚吧。

369. 我真的不想，我真的不想去想，我真的不想去想我的心痛，因为没有任何用，这不是我能做得了主的，我已经惧怕爱情了，难道还要我惧怕离去吗？

370. 也许我真的太孤独了，但是又好像不是这样，因为我没有感到孤独，我感到的只是失望，只是无助，只是无奈，只是选择的痛苦，只是选择的忧伤，只是选择的无常，只是在等待中的消亡。没有一丝声响，仿佛不曾活过一样，是否没有尝试爱情拥有爱情失去爱情就真的白活了一场。陌生的你我，从头再来，就像个笑话一样，上场了还是要退场，谢幕只是做做模样。一个完美怎么能道尽爱情的力量，还是留给明天，去寻踪觅芳，再处处留香。

371. 称不出爱情的斤两，一个年轻的女孩，就乱了我的心肠，焦急的等待，只为一场缘来缘去，回到最初的地方。

372. 一见倾心，不再是我的年龄所能抵挡。所谓的心态，只是一副丑丑的皮囊，赶不上华美的衣裳，也羞于见见那明媚的阳光。只能在无人的小巷，像耗子一样，东躲西藏，寻觅食粮，还得小心顽童的棍棒和路人的鄙夷目光。一路走下去，成了老鞋匠的下酒菜，和皮鞋的丈母娘，却还在牵挂那等待我的小娇娘。

373. 对于爱情，现代的少男少女们最缺乏的就是不吃口水菜的坚定决心和坚决作为，应当学习，应当警戒，应当以此成长成熟。

374. 如果你知道熬夜和失眠不是同一个概念，那么你就应该知道配偶和情人的区别。

375. 如果可以穿越时空，那么我愿意试试诗词年华，不说成就才子佳人的神话，吟诗作赋词曲唱对，却不在话下。非是我好大自夸，只因天生爱好诗词机缘巧合啊，这样说说，但愿不会有伤大雅，因为被许多女子喜爱并非值得自耀自夸，不被那许许多多的牵挂害成病马，已是烧了高香立了高塔，勿盼来生还有此簇身红花，今生自由畅达便是不负云霞，你还有何话？快快说呀！

376. 虽然我是个普普通通的农夫，但是我可不会种地，更别说你那块坑坑洼洼的心灵土地了，你要知道被泥石流无情冲刷过的土地，它已变了模样啊。

377. 风筝，终归是会断了线的；爱情，最终是会伤了心的。只是都在相信时间，甘愿做一个无知的奴隶，明知是死亡，也要至死不渝。仿佛是实践当初的诺言，其实只是怕丢了自己的脸面。纵使拿性命作为交换，也会默默无言割头奉献。好一副小丑的嘴脸，可怜到这般地田，哀哉，可怜。

378. 越来越发现自己真的没有资格爱你，没有任何资格，我真的都不算是一个正常人，我怎么爱你呢，我不是自欺欺人吗，我不是自寻短见吗，我不是自我埋葬吗？是的，我已经蠢得连我自己都难以置信了。我，是太累了，是太醉了，是太不自量力了，所以，请允许我默默地告退了。

379. 原谅，请原谅，一直都是请你原谅，请你原谅我。看来我是得了这个职业病了，还是因为爱你爱得疯狂了？这是一个问题，请你回答，如果你不习惯，那还是请你原谅吧，请原谅。

380. 我又在为未来担心了，这就预示着今晚我又要失眠了，这就表明了我又要想你了，这就推测出你又要生气了。

381. 我从没有幻想和你能幸福地生活在一起，脑子里时刻想着的都是我该怎么面对你，因为你下定了决心不爱我，而我却下定了决心非你不爱，这就是一个巨大的矛盾，近乎于宇宙守恒的矛盾，无解。

382. 逼迫？难道我以前的文字都是被逼迫出来的吗？我那么步步紧逼，你不是还不爱我吗？由此可见，爱还是顺着情来得比较好，给对方造成压力岂不是失去了绅士风度，顺着情起码有依有靠，有始有终。

383. 漠然发现在这个小小世界里，没有一个人了解我，完完全全地了解我。是因为我舍弃了爱抛弃了情吗？还是因为那许许多多形形色色的女人呢？这又是一个没有答案的问题，永远也没有答案的问题。

384. 没有人愿意谈恋爱，至少是没有人愿意真心实意地谈恋爱，因为谈恋爱只不过是欲望或者婚姻的一个堂而皇之的理由。没有，仿佛不太文明，有了，就不过是一张世俗的证明，或有或无，或真或假，全然看你的心情。就仿佛一宗买卖，标了价码，等着买主，一切只是时间问题，这就是传说中神圣的现实中功利的爱情。

385. 人生要美妙，佳偶少不了，佳偶在侧了，屋子不能小，小曲听两支，美酒配佳肴，歌舞席间伴，酒客一欢笑，欢笑人不老，来生再一遭，一遭归一遭，爱比情来俏，情比爱来妙，总是人间道，一路风尘罩。

386. 我自己都没有想到更没有意识到我自私到如此

地步了，超乎任何一个正常人所能想象的范围。曾经有人说过我为了我那遥不可及的爱情变成这样，真的让人难以置信难以理解难以宽恕，看来事实真的如此。现在后悔是不是有点晚了呢？但是，可不是你想的那样，我并没有后悔，自从我爱上她到现在，我从来没有后悔过，一分一秒也没有，所以这正是我执迷不悟不思悔改害人害己的根源所在。我能怎么办呢，我该怎么办呢，我怎么办都不能办，因为这根本就不是一个办不办的问题，而是一个人的心性的问题，也就是我的心性的问题。你说这个问题应该怎么解决，这是一时半会轻而易举手到擒来就能解决的问题吗？不要异想天开痴心妄想胡思乱想了，没有人可以救得了我，因为已经有女孩义无反顾地试过了，结果是于事无补一败涂地毫无成效。所以我想你们就别想了，还是我好好想想得了，这就好比鱼儿被钓上了岸，不仅是因为饵料吸引了它，更是岸上的风景吸引了它，当然了，这个风景对于鱼儿来说是什么这就不得而知了，不过道理就是这么个道理。所以，一切还是留给别人去说吧，毕竟别人有这么个爱好，我还是走自己的路好了，一路走好，走好。至于能不能走到幸福的终点，就拜托上苍发个善心吧，毕竟他是老大啊。

387. 非他不嫁，非她不娶，这算是誓言吗？不算，这怎么能算，这不过是一句气话罢了，能信吗？不能信，只能听听，全当笑话。

388. 一封信，又一封信，没有归期，也说明不了问题，更打动不了芳心，就算练字都牵强过余，还有何用。

燃烧都是一种浪费，传情岂不是犯罪，打包埋葬才是合理分配。杜绝幻想，抵制妄想，操练上岗，再续篇章，从头再来，爱情在远方。

389. 猜想吧猜想，猜想又会有新的白痴女孩爱上你，爱得死心塌地，糊里糊涂。不过要小心，不然到最后哭泣的人有可能是你喔，你说呢。

390. 谈恋爱，追女孩，搞定她的闺密再说吧，非官方指定经验，仅供参考，如有雷同，实属巧合，如无效果，敬请见谅。

第 14 节

391. 授人以柄，还怎么算账呢，还怎么自由生活呢，爱情绝对不是完全占有，但也绝对不是完全奉献。

392. 看来不止我一个人睡不着，你瞧，有的人忙着天南地北地促膝长谈，有的人忙着龇牙咧嘴地吞吐烟圈，有的人忙着高坐暖席地推杯换盏，有的人忙着床笫之间的情欲施展，有的人忙着牌桌赌局的恶臭银钱，还有的人忙着记录这些人的滴滴点点，为此失眠，心有不甘，舞文弄墨，自我消遣，甚是可怜，这是凌晨三点。

393. 我再一次幻想着自己羽化登仙时的样子，或哭，或笑；或吵，或闹。总之，各得其所。不丢颜面，最好；来生再世，龙种凤胎，最好；不下深渊，只上云霄，最好；袖手理闲，淹留诗书，最好；人间仙境，自得其乐，最好。但愿，这样的祷告，上苍爱怜，才好，再次，祈祷，祈祷，祈祷。

394. 留不住的终究留不住，不能爱的终究不能爱，爱不了的终究爱不了，何必执着，何必纠缠，何必自欺欺人，何必自取其辱，何必辱没亲友，何必寻死觅活，何必哭天喊地，何必由爱生恨，何必恨之入骨，都不过是一副血肉之躯，经不起岁月的无情冲刷累累洗礼，有什么可以贪恋的，你说呢？

395. 漂泊的沙漏，是漂在蓝天，还是泊在海洋呢？这就好比爱情一样，爱来爱去，情短情长，终究逃不出沙漏一样的魔方，悲哉，悲哉，悲哉。

396. 爱情不是彩票，也不是几个数字就能解释清楚的，更来不得半点虚假和赌博的味道。

397. 什么心情，什么心路历程，什么个性签名，什么个性标语，都不过是你愚弄我我愚弄你的花言巧语，能挠痒，且只会越挠越痒，还是不要沾染为好。除非你是一只跳蚤，无惧无畏，自得其乐。

398. 不是我要骗你，而是你要骗我，你有什么不可告人的目的，我不得而知，但是可以知道的是你我都不过是一张网上的纤维小虫罢了，所以不足以谈论爱情，以免亵渎。

399. 你就像晒鱼干一样地晾着我，我知道这是你的计谋，但是我不知道你的目的何在，所以我懒得奋力一搏，还是在阳光的亲吻下静悄悄地睡去。

400. 你我今后的路应该往哪里走，应该怎么走，全然没有定数。你对我的情，你对我的爱，我也懒得去梳理，顺其自然吧，接受命运的一切安排吧。我，认命了。

401. 漠然发现，没有人爱我，没有一个人是无怨无悔地爱我的。没有了爱，也就不存在什么情了，所以不必在乎，何必在乎呢。

402. 永远记住，这个世界上没有什么永远的爱情，那所谓的爱情只是一时一刻迸发的情感罢了，不值得为此舍弃其他美好的事物。

403. 当舌头爱上耳朵的时候，当耳朵爱上甜言蜜语的时候，就是你坠入痛苦之河的时候，从此你就会领略什么是痛什么是苦，这比你登山探险还来得实用，好好珍惜吧。

404. 伟大的爱情经受不了世俗的打击，这说得过去吗？至多说明了你们的爱情不是伟大的爱情罢了，别无他言，珍重。

405. 寻章摘句，东拼西凑，移花接木，做这些酸溜溜的文字，有何益处，不过是聊以自慰罢了，还管什么爱情不爱情的呢。

406. 一起走进结婚礼堂并不代表会一起走进坟墓，一起走进坟墓并不代表会一起走进来生，且行且珍惜。

407. 凭什么，就凭我有病患之忧，爱情之伤，就凭我对此的各种体味，就凭上苍给了我一颗灵敏的心，所以注定了我可以抒写爱情。

408. 慢慢地感觉到我的每一颗细胞都在发出求救的信号，我万分无奈，无奈地悲哀着，因为我无计可施。我只有静静地面对失眠对我的夜夜折磨，我没有申辩的权利，因为我已将自己灌醉了咖啡，只为了一个遥不可及的女人，和一场难以付诸实践的爱情。荒唐得可笑，可笑得令人不寒而栗，因为没有什么对错，也没有什么胜负，在这一场战争中，我们都输了，输得彻彻底底，仅此而已。

409. 没有想到在我的生命弥留之际，我竟然害了一个女孩子，她甚至为了我试着付出生命的代价。我难以理解，更感到万分的震惊，因为我不过就是一具行尸走肉罢了，值得吗？也许是我一直都用值不值得来衡量爱情，所以我在爱情里总是输得那么血本无归。到了我该用生命来偿还我所欠下的一笔又一笔情债的时候了，我认输。

410. 女人，为了爱情，用了一生来做赌注；而我，为了女人，用了爱情来做赌注。活该我输，活该我输得身无分文，一文不值。

411. 没有哪一个女人能说忘就忘了我，不是我迷人，而是我太怪异，因为怪异，所以她们的记忆不容易删除，因为不容易删除，所以总是重播总是回忆，就此欲罢不能，苦苦挣扎，回不了头，也到不了岸。

412. 我注定是一个谜，也许若干年后，因为我的风流史，我会流芳百世，或者遗臭万年，但是这些都不重要了，因为时间已经判了我的归期，而且还是白驹过隙。

413. 苗条，还是丰腴；丰腴，还是肥硕；肥硕，还是乖巧，都不重要。重要的是爱情从来都不考虑这些，爱情所考虑的无非一件事，那便是灵魂的共鸣。

414. 如果明天太阳没有唤醒我，那么我在归去的路途中，依然爱你。因为爱你真的不容易，但是我已经爱你那么多年了，我还是不能轻易放手。因为我还没有牵到你的手，那是我的追求，那是我追求的梦想，所以请原谅，原谅我在归去了还在爱着你，直到下一次遇见又来爱你。

415. 你害怕了吧，害怕你也会爱上我了吧，我看上去游刃有余，其实我也害怕着，但我们之间发生爱的故事，再正常不过了。

416. 因为知道没有十全十美的女人，所以我不结婚。看起来这没有什么关系，其实不然。虽然我也不可能成为完美无缺的男人，但是至少我可以体验爱情不同的味道，以达到感官上的完美主义。可以算是我为了名义上的爱情，付出了常人难以想象难以承担的种种压力。

417. 不是我贪恋，我有什么可以贪恋的呢？爱情，可能吗？我只是为了一个穿着爱情外衣的美丽女子罢了。

418. 想谈谈爱和情的关系，想谈谈爱情和男人的关系，想谈谈爱情和女人的关系，想谈谈爱情和金钱的关系，想谈谈爱情和相处的关系，想谈谈这些关系的关系，但是来不及了，因为它们发现了我的阴谋诡计，它们向时间告状了，时间判了我的归期，让我没有回头的路，永远回不了头啊，最终只能被风沙带走，成了风沙。

419. 你莫名其妙地爱上了我，但却忍受不住寂寞，你投入了别人的怀抱，心中却仍牵挂着我。你被爱情麻木之后，你又开始喜欢我，而我已不是原来的我了，你也不是当初的你了。

420. 落花总有意，流水终无情。爱情，还有什么可以奢求，又有什么值得奢求呢？

第 15 节

421. 欲生不得喜，求死难寻悲。这就是爱情，这就是世间男女的爱情，不过是十个字的事情罢了，读懂了就好。

422. 因为过去不美好，所以回忆不美好，回忆也不可能美好。有什么可以值得回忆呢，回忆又有什么用呢。逝去的，失去的，都留不住，哪怕是一刹那的幸福，也绝对不可能，原因是当你想回忆的时候，你自己就明白了，就这么简单。

423. 你为何如此忧伤，难道你听不见我的歌唱，我愿摘了星星和月亮，做你永远的衣裳。看清楚了吗？听明白了吗？这就是披着谎言的爱情。

424. 又一个陌生的电话号码，我没有选择接听，因为我知道那又是一个陌生女子的声音。我害怕，害怕没有结果，所以我选择不开始，也许这样最好。因为我不值得爱，不想爱，也爱不了。也许又是我自作多情了，但愿如此，我还愿意背负这样的骂名，因为总比背负爱的沉重来得要好。

425. 能在痛苦中幸福，这是一种莫大的能力。而你能在爱的痛苦中幸福，这就说明了你不是一个普通的女子，所以你不属于我，所以我也没有权利拥有你，所以也再正常不过了，所以祝你幸福永远，所以我要点一根烟，品尝对你的思念，看看火花和烟雾能演绎什么样的人间爱恋。

426. 我终于明白了这个世界上最锋利的杀人不见血的刀是谎言，爱的谎言，我的爱的谎言，我爱的人的谎言。

427. 思考了很多次，还是不明白，为什么爱情终究会成为金钱的奴隶呢，是金钱的魔力巨大还是爱情的堡垒朽败呢？

428. 循序渐进还是跳跃式发展，对于当今爱情里的男男女女来说这是一种选择，更是一种态度。

429. 是自我放逐，还是打拼出路；是绿树青山，还是钢筋建筑；是闲庭信步，还是匆匆促促；是白水淡饭，还是推杯换盏；是踏步而行，还是油烟而前。这一个个都是问题，都是为了一个所谓的女人，都是为了一份所谓的爱情，都是为了一个所谓的自我，都是为了一个所谓的幻想，都是为了一个所谓的追求，都是我已犯的错，都是我该受的罪，都是我，都是我，都是我。

430. 从此以后，我不再卖弄自我了；从此以后，我不再嘲讽自己了；从此以后，我不再风花雪月了；从此以后，我不再云里雾里了；从此以后，我就不是现在的我了；从此以后，我就没有我的现在了；从此以后，我该是个什么样呢？从此以后，我能做到什么样呢？我的从此以后，是个谜。

431. 是远走高飞还是心碎逃离，我不明白，我也不可能明白，因为虽然你爱我，但你不信任我。

432. 给爱情一个婚礼很容易，难得的是给爱情一个一辈子的守护。

433. 这里我想来聊一聊爱情的过程，那就是莫名的爱，了解的爱，深入的爱，透彻的爱，升华的爱；也或者可以说是单恋，相恋，热恋，淡恋，不恋。

434. 结束，是该结束了，苟延残喘的爱情无法起死回生，只会不断消耗彼此心中的情感。在反目成仇之前结束吧，至少彼此还能保持体面。

435. 在什么样的挡位就给什么样的油门力度，就算是你热恋了也别交出自己全部的单纯心灵，你要保留自己的一方天地，否则，你后悔莫及。

436. 有人说爱情像长跑，有人说爱情像开车，有人说爱情像做菜，诸如此类。可是爱情是一个神圣的东西，它不需要这么多牵强这么多附会，它只需要一颗纯洁的心，仅此而已。

437. 反复无常，若即若离，用在你和我的感情关系上，真的再合适不过了。

438. 贪嗔痴怒，为了你，我都一一品尝过了，要不你也尝一尝，免得你说我爱你爱得一点味道都没有。

439. 爱不是应该带给彼此幸福吗？为何我们为了爱却受尽了负累？所以书里说，爱是恒久忍耐，凡事包容，凡事相信，凡事盼望，凡事忍耐，爱是永不止息。

440. 梦，只是一个梦，我爱上你，就是一个永远也醒不了的梦，就算给我一个清醒的机会，我仍选择继续睡在这个梦里。

441. 我在倒数着自己剩下的日子，我在追忆着能看到你样子的日子，能听到你声音的日子，能想着你的日子，能梦到你的日子，我的日子全是为了你的日子。

442. 自负，我的自负，也许就是断送你我爱情的罪魁祸首吧。哦，不，还有我的自卑。

443. 活在你的日记里，我永远，只能也只会，活在你的日记里。这就是你爱我的方式。

444. 我的白头发，越来越少了，近乎没有了，这是否说明我不再爱你了，还是某种神秘力量告诉我，不必再爱你了。

445. 可悲的是我一眼就喜欢上了你，倾慕了你，而你却已有所属。如此说来，你可以讥笑我没有女朋友呢，还是你愿意马上解雇自己的现任男朋友，进而与我恋爱呢？我又在说胡话了，纵使你百无禁忌，欣然应允，我也是万万不可的，如此之事，我是万万不可的，我已失去爱情，不能再失去人格了。

446. 如果我因为你而过度劳累熬夜致死的话，我很荣幸也很乐意，因为我爱你就是爱得这么糊涂，糊涂地写了这么多闲言碎语，即便无法呈现在你眼前也没有关系。

090

447. 我总是做习惯的俘虏，比如我习惯了爱你，爱你的习惯我改不了，也不想改。

448. 什么时候，你才愿意停靠在我这个破破烂烂的港湾呢，就算是你人老珠黄了，我还是爱你。甚至，比起你年轻貌美的样子，我更爱你与我一起历经沧桑的容颜。

449. 习惯了报告，习惯了总结，你还是抓紧时间批复我爱你的报告吧，不然我不好写总结啊。

450. 都说爱情是蜜糖，这是一句地地道道的纯正谎言，不然，我爱你怎么就是海水的味道呢，难道是因为我爱你爱得太无边无际，太深不见底了吗？

第 16 节

451. 牵手还讲究什么牵手方式喔，有手牵就不错了，还挑三拣四的，真对不起爱情的一番怜悯。

452. 承诺还是遗忘了的好，等待还是放弃了的好，这才是真正的爱情格言。

453. 如果你的心中只有黑白两种颜色，那就不要恋爱了，因为爱情从来都是五颜六色五彩斑斓的。

454. 霓虹艳影，是谁的衣装，爱情怕是没有这样的衣裳，就算有，那也是遗弃的。

455. 相对论于爱情而言适合吗，有必要吗？爱情不是学术研究啊，它是超越理性的情感共鸣。

456. 传说，不是爱情的附属品吧，信息时代不要乱扯关系。

457. 做梦好啊，只是不要梦到甜蜜的爱情故事就更好了，以免清醒之后，在心中平添惆怅。

458. 成熟，我什么时候成熟过，就算有，那也是在我没有谈恋爱的时候，是爱情剥夺了我的成熟。

459. 过去的幸福已经过去，明天的幸福还很遥远，唯独今天的幸福能够把握，享受当下的幸福吧，比如说爱情的幸福，或者说幸福的爱情。

460. 缘，让人相遇；分，让两个人相守。多少遗憾的爱情故事来自有缘无分啊。

461. 打工，是一种什么味道呢，但愿不是爱情的味道就好了，其他的照单全收。

462. 搁笔，罢笔，休笔，练笔，总而言之到此为止。什么爱情啊，什么金钱啊，什么社会啊，什么现实啊，一切一切，从今以后，与我无关。累了，烦了，这失意一瞬，让我轻易地否决一生。

第二章

过 期 的 抒 情

　　初次见面，请不要关照。因为我怕受那爱情的荼毒。请你与我保持距离，我怕陷入你美丽优雅的爱情陷阱。

第1节

1. 说好了把笔放下，却又不得不再次拿起，为了你，我就不得不再多写那么一点点。我的女神，我就想着是为了你而敲出这些无聊又无谓的文字吧，我自知无法述尽爱情，我力求述尽我不成熟的对你的爱。

2. 我真的不想提起鼻窦炎这个名词，可是又不得不提起，因为这个鼻窦炎总是在侵蚀我折磨我，好像我就被它吃定了一样，就好像我被你吃定了一样。一天到晚，从头到脚，被你牵着鼻子走，不由得我彷徨，更不由得我反抗。

3. 爱过就行了，何必要走到最后，在爱情的旅程中，即使你们没有在约定的终点一起下车，但沿途一起看过的风景何尝不是一段美好的经历呢？

4. 相遇，然后又相爱，这已经很不错了，若还能毫无保留的相知，还能一帆风顺的结婚，那便是幸运了。

5. 爱，应该不需要祭奠喔，怀念就好了。

6. 寂寞，就寂寞啊，何必要去恋爱呢，伤害自己，又伤害他人，岂不是失去了一份善心？

7. 分手了，离开了，不要哭，也不要忘记，因为时间会处理好这一切，你只需要给自己时间就好。

8. 我是个不愿意出去走的人，也是个走不出去的人，因为我困在你的城堡里了，我找不到出口，我也不愿意离开，请你不要千方百计赶我走。

9. 我想了好久好久，才终于想通，原来你是那么的用心良苦，真可谓是绵里藏针啊。好在我时至今日也顿悟了你的绝情，多谢你的指教。

10. 夜猫子，是不会熟悉的，熟悉了，也还是陌生人，所以又何必去追求什么新鲜感呢？追求新鲜感的下一步是磨合，磨合难道不是一种痛苦吗？我还是安守本分吧，一时的刺激一时的快感那根本都不叫快乐，那叫迷失。

11. 中老年人的故事都是由他们年轻时的故事组合而成的。年轻时的故事又是由中老年人年轻时的心态演化而成的。人生就是在这样不断的新旧更替中推演而成的。悲哉？幸哉？

12. 恋人找得好不如恋情发展好，恋情发展好不如成家立业好，成家立业好不如一生平安好，一生平安好不如无欲无求好。

13. 谢谢你打了我一个耳光，不然我就真的彻底迷失自我了。谢谢你让我知道什么叫作疼痛，这就表明了我还是个人啊。真的很感谢你，感谢你的那一记耳光。

14. 产生恋爱需要一种陌生新鲜的感觉，像乌云散去，一抹阳光忽然照亮房间的瞬间，或者在转角，忽然闻到花香的那一刻。两个人越是熟悉，恋爱的神经便越是麻木、寡淡、无味。

15. 书，我倒是想看，电影，我更是想看，但我更想去爱。

16. 你这病没有药可救，别紧张，不是生理层面的无法医治，也无关死亡。你的病是陷入爱情，所以无法吃药医治。你爱的人可以治疗你，若只是单相思，那只有时间能救你了。

17. 因为不能完美，所以选择孤独，这是对的，本来那个什么所谓的爱情根本就没有什么意义啊。

18. 请不要篡改我的爱情，请不要篡改我的信念，请不要篡改我的记忆。如果你一定要的话，那么你把她从我的基因里彻底删除彻底粉碎好了，如此我便十分百分千分万分感激你了。

19. 睡觉吧，还想什么呢，你安心吗，我不安心，我睡不着。我失眠，我想你，我重复着这一个又一个程序，原来爱情真的是毒啊。

20. 陌生的人，陌生的话语，陌生的缘分，陌生的感情，一切都是陌生的，这就是你我的爱情现状或者说纪实。

21. 回忆可以麻木，但是时间不可以麻木，因为时间值得我们拼尽全力用尽心血去爱，因为你不欺骗时间，时间是绝对不会欺骗你的。

22. 不要走原来的路，走一条崭新的路不好吗，这对于爱情不是尤其重要的吗。

23. 现在这个社会感情都是论段分的了。请问你是几段啊？也许有一天你听到这样一句问候的时候，你会茫然不知所措的。

24. 十年，怎么关于爱情的表述都喜欢用这个十年呢，难道暗恋的人也要背负十年的情感负累吗？岂不是比相爱的人承受双倍的苦，这是什么道理，爱神啊，一意孤行地救救我吧。

25. 想要爱情不溜走，那你就好好地把握啊，千万不要掉以轻心，如果那样的话，很容易被骗被伤害的。

26. 日子是过的，当然带不走了，回忆你也不要带走，该丢的丢掉吧，何必那么无谓地执着呢，你说呢？

27. 在爱情的世界里游荡的人，会被爱情捉弄。

28. 一个欢喜，一个伤悲，恐怕还不能道尽爱情的酸甜苦辣。

29. 私奔，多么美好的事情啊，可惜玷污了爱情。

30. 昙花一现，这应该不是爱情，用来形容一夜之情也许恰到好处。

第2节

31. 玩弄，一般搭配感情；玩偶，一般搭配躯体。我没有触摸没有占有你一丝一毫的躯体，你不是我的玩偶，我也没有玩弄你，你我之间本来就没有任何关于爱情的感情，我们无关。

32. 我是爱情的宠儿，也是爱情的弃子。之所以说我是爱情的宠儿，是因为爱情让太多的女孩来爱我，之所以说我是爱情的弃子，是因为爱情让我最爱的女孩不爱我；之所以说我是爱情的宠儿，是因为爱情让我拥有一个又一个梦想，之所以说我是爱情的弃子，是因为爱情让我的梦想一个又一个幻灭。

33. 收到的告白与爱慕也不少，可我开心不起来，因为我在爱慕者眼里的一切优点在你的眼里你的心里只不过是笑话。

34. 我不是一个喜欢花的人，因为我对花香过敏，但是我却要形容你为牡丹。我爱你的娇贵，你的美丽，你的不可一世。但我承受不起，所以，请原谅我爱你，所以，请原谅我爱你却不能实实在在地像拥有你那样去爱你。

35. 我是沙漠里的骆驼刺，你却要把我变成海洋里的鱼，这就是你对我的爱吗？如果是这样的话，那么你并不爱我，你爱的是海洋里的鱼，你从来不爱沙漠里的骆驼刺。

36. 爱情里有过错，缘分里有错过，这是为什么呢？恐怕没有经历过的你，给不出答案吧。

37. 眼前的看不上，眼后的看不见，这也许就是时下适婚青年男女的一种痛苦或者说模糊的现状吧。

38. 我们本不愿沉溺于虚幻的世界、虚幻的感情，而是现实的爱情已经满目疮痍惨不忍睹。我们不得不或者说也只能沉溺于虚幻的世界、虚幻的感情了。

39. 爱，还是不爱，等待，还是坚守，本就有着巨大的不同，而继续等待，还是继续坚守，这又有着巨大的不同之中的巨大的不同了。所以我迷茫了，甚至是丧失理智了，情感似乎也不明朗，我该怎么办呢？也许应该好好地睡一觉，醒来喝一壶苦苦的茶，然后再想吧，再绞尽脑汁撕心裂肺地想吧。也许还是没有答案，但是至少我可以休息片刻了，确实如此，但愿如此。

40. 我开始想象，幸福地想象，甜蜜地想象，想象你是爱情赏赐给我的一份礼物，一份我即将用尽全部的所有的心力去珍爱一生的礼物。哦，请原谅我的坦诚，以及我的语言，还有我的美梦，不过我还是希望我这个美梦能够成真。

41. 原来闲散的鸟儿，如今全都紧张或者忙碌起来了，为什么呢，因为得自己觅食了。看着它们那稚嫩那弱小的身躯，我知道它们会成为别人的猎物或者说食物，因为它们荒废了时间，时间也自然会公正公平地给它们一个荒废的结果。现实确实残忍，爱情又何尝不是这样呢。

42. 我想象着你的个性和容貌，会是与我相配的吗？我不知道，但我想象着，我相信这一次我不会再失望了，因为我已经失望了太多次了，所以爱情这一次不会再让我失望了。为什么呢？因为我有这种幸福的感觉，这种感觉浸润着我的心田，我的大脑，我的骨骼，我身体的每一寸每一点，直至细胞的结点，基因的终点，直至永远的永远，你明白吗，我沉醉了。

43. 高山容易看见，流水容易看见，高山流水就不容易看见了。这就好比男人容易看见，女人容易看见，恩爱的男女就不容易看见了。为什么？因为一个你情我愿，一个你愿我情，是很困难的。不是说像一见钟情那样，因为一见钟情多半都是单相思，我这里所说的情况是，不仅你一见钟情于我，而我也一见钟情于你了。

44. 一直不愿意谈论关于第三者的话题，但是如今却不得不触及，因为按照我所爱的女孩对我的答复来说，我成了她和她的男朋友之间的第三者了，也就是说我一直排着队，而突然有一个小伙子插队到我的前面，反而是我的不是了，好像我就不该在她那里排着队一样。说得更难听一点，也就是说我连等着爱她的机会还有资格都没有。这是什么理论？

45. 幻象，这是我很不愿意谈及的一个词，因为我现在所看见的每一个女孩子都仿佛是你一样，也就是说我的眼里被你定了型了，满眼都是你，看谁都是你。这是一种什么样的状态，我都开始糊里糊涂了，但愿还是不要糊涂一辈子才好。

46. 爱情不会忘记任何一个细节，在恋人的脑海里，有许许多多缜密的观察、细腻的想象、各方面的回忆和种种猜测。例如发现对方喜欢喝汽水，想象和对方一起看雨的场景……在恋爱中，只要一句话，一个表情，一个眼神，就能引起猜测，继而变成想象，由想象做出结论。不一会儿，又从其他细节推测出新的结论。时而陷入痛苦，时而陷入欢愉，是为沦陷吧。

47. 原来我又一次犯了错，因为我太真诚了。我明明知道女孩子都喜欢听谎话的，都喜欢迷惑的，而我却在面对你的时候，说了那么多真诚的话语，做了那么多纯真的动作。我还想追求你，我还想得到你的爱，我这不是自欺欺人吗，我这不是自取其辱吗，我这不是自我荼毒吗。我太傻了，傻得无药可救了。

48. 你比我还傻，你都已经勇敢地走到我的身边，却不敢再勇敢地吐露你对我爱的言语，而是迷迷糊糊地走了过去。起先你不敢回头，后来你来不及回头，到最后回头了也没有用，我们已经擦身而过。这一分钟，一个遗憾的故事悄无声息地落幕了。

49. 真想做你血液里的一颗细胞，踏遍你身体里的每一个角落，就像一次征途，就像一次探险，就像一场竞技里的比拼，而我注定要在你的身心中演绎，点化神奇，无与伦比，以此诠释真爱真情的意义。

50. 睡了这么久了，不能再睡了，我坐起来，想写点什么，但又不知还能写些什么了。不是爱就是情，不是情就是欲，不是欲就是念，一遍又一遍重复，一遍又一遍交织，甚至谈得上是啰唆了，可终究还是找不到最终的意义。我丢失了勇气，或者说丢掉的是信念，是动力。我写不下去了，寻找的刺激，总是如烟消逝如气蒸发，我追不上它的脚步。我只能像个陀螺在原地转圈，在原地打转，麻木地接受皮鞭的抽打，越转越远，直到在不远的某处的坑洼之间或者精疲力竭之后，轰然倒地，徒留一声失足的长叹，用孩子们的笑声祭奠。真个是贻笑人间，好似过年。

103

51. 我怎么总是会模糊地爱上那些未曾谋面的女子，难道我也成了成千上万网恋大军中渺小的一员，我想我还不是，我想我还不够格。因为我走的不是网恋的路，我只是容易糊涂，就像沙漠里的小虫，时常找不到回家的路。因为风沙太大了，因为沙尘暴来得捉摸不定，还因为我失去了感觉，又或者是免疫了爱情，甚至可能是被爱情免疫了。就算都是，就算都不是，反正我现在这样了。不过我还是宁愿相信有人会看懂，有人会明白，因为至少我的这一时的一吐为快，没有白费，或者说没有白费力气。如此，我便满足了，我便欣慰了，又敢有何求，又复有何奢望？

52. 没有人会在乎我，你也不例外。你的关心，只是一时的疼爱，黎明到来，就会离开，不会等我说拜拜。你的留言就是最后的酒菜，我吃过了，路上不会饿太坏。该不该，爱不爱，等不等，猜不猜，都是空气里的对白，经不起风雨的洗晒，就魂飞魄散，撞向路人的胸怀。哪还谈得上什么爱，不过是别人茶余饭后的小菜，上不了席台。由此体现出你这个女人的坏，坏得难以企及，坏得让人膜拜。进而不思悔改，遁入苦海，用一生用一辈子去还债，只为曾经那一夜所谓的爱。

53. 有一种感觉，感觉我身体里的每一颗细胞都在躁动，都在渴望，渴望燃烧，都在充斥着一种飞蛾扑火的欲望。我该怎么把握，我该怎么控制，才能守住根本，这是一个迫在眉睫又关系到长治久安的问题，我却没有心力去思考去解决了。因为我已经冷却了，就像被速冻了一样，原因就是我想到了你，想到了你那么几秒钟而已。如此说来，你该知道我有多爱你了吧，你不这样认为吗，我是这样认为的。请给我这么一点点盲目自信的权力吧。因为爱你的日子已经够多了，所以我现在时刻都在珍惜爱你的每一分每一秒，而你怎样看待对待我对你的爱，已经不重要了，重要的是我已经可以幸福的微笑着睡去了。

54. 本以为你是个很有个性很有思想的女孩，没想到在面对我的时候，仍免不了受制于他人的言语，他人的眼神，进而完全丧失了自我。你说，这样的你还有任何意义还有任何价值获得重视吗？我也不值得你爱了啊，因为我们已经丧失了某种平等了。

55. 我一定要跟你讲明白，讲明白什么呢，讲明白像我这类的男人不是你这样的女人说爱就能爱，也不是说爱就能得到爱的。为什么呢？因为我不是一个平凡的我，虽然我仍处在平凡的境况，但是我一直在追逐不平凡的梦想并且努力实践。我的生活充满动荡与变数。而你只是你，是安稳幸福的你。我们在不同的轨道上，虽然偶然相交，也早晚会渐行渐远。我不是你该爱的，你的爱我也承受不起。

56. 又要开始考试了，尽管无论是开卷还是闭卷，都有人作弊，而我还是学不会，学不会作弊。因为我认为与其在考试中作弊，还不如不参加考试。至于这种思想的正确与否，已经用不着去考究了，因为这已经不重要了。重要的是这种思想有没有解药。也许我该去尝试研究一下，用自己作为实验品，而我也好像一直都是实验品一样，逃不掉，躲不掉，直至枯死病老。这又是我关于爱情的一番言辞。

105

57. 应该不是我太孤傲了，而是孤傲的人太少了，所以很多人不习惯罢了。再退一步说，我也算不上什么孤傲，我只是不愿意接受我不想要的爱罢了。我只是想得到我唯一爱的女孩的唯一的爱，因此我便成了孤傲的人，因此我便是众矢之的。因此我犯错了，因此我必须忏悔了，因此我必须悔过了，因此我光荣地成了反面典型，只是因为这个世界不需要我这样一个对爱情太过执着太过专一的男生。

58. 越临近毕业，越感觉时间不多了，不知道今后还有没有这样的闲暇来写下这些不痛不痒的文字，以此来缅怀或者悼念我堂而皇之荒废的每一分每一秒，但是我唯一可以知道的是时间流走的同时亦增加了我所写下这些文字的重量或者说价值，就如我对你的那不深不浅的爱，任随时光荏苒，却终究是历久弥新，沁人心脾。

59. 青涩的美，还是成熟的美，注定了有一种不近不远的差距或者说距离，此时的选择必定影响今后的结果。所以选择很重要，所以思索很重要，所以冲动必须扼杀，所以理性必须回归，所以认清现实认真对待，克制尊重才是正确的对待美的态度，更是对待爱情的态度。

60. 你真是个难以捉摸的小精灵，还没看见过你的影子，更别说样子了，我就已经被你迷住了，这是很不正常的。因为我不是一个轻易动感情的人，可是现在我仿佛已经泥足深陷了，而且难以自拔了。这说明了什么问题？说明了这是你我之间的缘分，说明了这是你我之间的姻缘啊。我已经决定爱你了，爱定你了，爱到你嫁给我，爱到你我一起白头。

第 3 节

61. 本来爱情是很美妙很幸福的一件事情，可是在这个时代仿佛已然罕迹了。太多的功利，太多的世故，太多的父母之命，太多的媒妁之言，太多的亲朋之眼，在不经意间或者说在我们生活的这个世界的每一分每一秒已经左右了我们，已经改变了我们。我们不再纯真，我们不再浪漫，进而我们不再相信爱情。在我们还没有资格舍弃爱情的时候，爱情就已经悄然离去了。所以亲爱的人儿啊，不是这个世界没有了爱情，而是爱情不再适合留在这个世界了。

62. 你又换了发型，你又换了衣服，也许你还换了心情，但是你终究不是我曾经认识的那个你了。

63. 其实很多时候，我也感觉有一份感情将就着也很不错了，有一个疼爱自己的女人将就着也没有什么不好。问题是这样的生活，必定是千篇一律寡然无味的，更别说现而今最流行的什么凑合了，简直就是绝对的不可能。

64. 垮了，垮了，什么都垮了，一切都垮了，我什么的一切都垮了，一切的什么都垮了。你在我心中的地位垮了，你不再是我的精神支柱了，你在我心中的爱情城堡垮了，你不再是我的水晶姑娘了。反正垮了好，垮了真好，去了一个我，却留了一个你，也不枉我真心真意爱你一场，也不枉我曾经的爱情誓言，所以，让我安眠在这垮掉的爱情城堡吧。

65. 看着我手下的一堆白纸，都慢慢地爬满了文字，我心中那股幸福的暖流喷涌而出，奔流不止，浸润着我的每一颗细胞。这种难以言语的幸福，深深地让我陶醉，此时我眼中的一切都是那么美好。但舍不得我停留，舍不得我品味，幸福转眼之间就成了快感，被肮脏被虚妄马不停蹄地带走。

66. 快乐是短暂的，痛苦才是永恒的，所以我选择拥抱痛苦，哪怕失去你。

67. 我不怕寂寞，我真的不怕寂寞，我只是怕失去你的日子。

68. 我又复习了一遍，我又检查了一遍，因为我害怕重复，害怕那些流言蜚语，因为我太弱小了，所以我害怕。就如我面对高高大大的你的时候，却没有勇气向你求爱，直到错过了你，直到失去了你，我还是没有勇气。我有的只是痛苦，我有的只是怀念，说到底，我成了一个爱情废品的收购员。

69. 我又在重复了，因为我要说我是一个戴着面具的人，戴着又厚又多的面具的小男生，不值得你眷恋一丝一毫的人。可是为什么就没人愿意关心一下我为什么戴着这么多厚厚的面具呢？大概她们觉得我长得太抽象了吧，但是事实却并非如此啊。我戴着又厚又多的面具的同时佩戴"我是骗子"这几个诚实的大字。

70. 想着你的感觉和抱着你的感觉，会有什么不同呢？为什么你只愿意让我品尝想着你的感觉，而不让我尝一下哪怕一丁点儿抱着你的感觉呢？哎，这就是你啊。

71. 与其说是难得糊涂，倒不如说是淡然舍弃，所以我还是难得糊涂算了，因为淡然舍弃太难了，更因为这个对象是你啊。

72. 等待，等待，度过等待的最好方法就是不要等待。那怎么做呢，不是忘记，不是逃避，而是创造和你在一起的机遇。

73. 不要把原本美好的友情升级为糟糕的爱情，不仅会失去友情，连爱情都会失去。

74. 大概你和你的男友分手了吧，但是你不愿意告诉我，因为你无法接受和面对曾经对我撒手而去的遗憾和悔恨。

75. 你总是在我的面前假装保守，而在别的男人面前却总是那么开放。这就是你啊，宁愿把自己一次又一次交付于那些花心的男人，而不愿意把你交付给我这个真心的老男孩。哪怕就一次。所以啊，我算是认识见识领教你这个女人了，至于你是个什么样的女人，我还一时半会儿真找不到恰当的形容词，我只能说你是我爱的人。

76．中毒，我真的中毒了，中了一种想写东西又写不出来东西的感觉病毒，这种病毒潜伏期特长，病毒性特强，发作起来就容易发生一些胡思乱想胡言乱语。所以啊，一般人还真不容易中，这中了的还真不是一般人。我还算是不幸中的万幸呢，谁说不是啊。一般人还真没这机会呢。在感觉幸福的同时啊，我也付出了白掉了头发、酸疼了牙齿、抽筋了舌头、撕裂了心肝等等一系列惨重的代价。所以啊，这个新时代的朋友们啊，单相思要不得啊，不可麻痹，不可大意啊。

77．我把自己放逐，在没有你的房屋，想找件东西偷渡，月球是我的归途。超越地球是我要走的路，我要走的路，就是爱你的路。我要走的路就是我追逐梦想的路，你就是我要追逐的梦想，我的梦想一直为你追逐，我的爱人。

78．也许某个神灵偷看了我的这些文字，会毫不留情地下毒手，但是我不怕，归去对于我来说已经不算是什么稀奇了。真正让我可怕的是，我要这样一直默默地爱着你，却永远也得不到你的爱，并且不能逃避，不能抛弃。这还是人干的事吗？那为什么我已经做了这么久了啊，好像已经有六年了啊。这是什么道理。难道我好欺负吗？难道我命该如此吗？这是我都说服不了我的，我不能说服我不爱你，哪怕一分一秒。

79. 笔芯装错了还可以换，那婚姻错了呢？当然，还可以离婚，但是那逝去的青春那逝去的岁月又如何找的回来啊。

80. 堂堂七尺男儿，竟被自身的欲望和激情以及所谓的梦想和爱情玩弄和掌控，这是什么道理，这就是为什么那么多的男孩男人去追求功名利禄的缘由啊。

81. 如果寂寞是一种罪，那么我情愿一生一世都没有人来拯救。因为我是因为你，因为你才寂寞的，因为你才享受寂寞的。但是如果那个来拯救我的人是你，那么我可以允许有个例外。

82. 爱情不是可以计划的，另外这也21世纪了，单纯的一味的计划，已经不能适应和满足这个时代的男男女女的感情需要了。你明白吗？所以我是绝不可能爱上和接受你这个坚持计划爱情的女孩。

83. 我在挤牙膏，这就是我此时此刻写作的方式方法。这是什么道理？难道我就要这样堆砌我的文字我的思想我的论调吗，这不到了猴年马月也堆不到我那梦寐以求的数字吗，这不是耽误成功向我靠拢向我亲密吗，这不瞎耽误功夫吗。看来我还得多喝点墨水啊，不然倒不出来我酿的好酒啊，爱情是不是也是这个道理呢？

84. 鱼儿不会轻易咬钩了，因为诱饵对它没有诱惑力了，更因为鱼儿历经挫折磨难变狡猾了，爱情城堡里的男男女女不正演绎着一段又一段这样的故事吗？希望这段没有重复啊，如果重复了，也请您多谅解啊，因为我的记忆力真的赶不上我的打字速度了。

85. 不需要什么特殊的痕迹，在应该结束的时候结束。何必雕琢，何必修饰，真情不需要，真爱更不需要，至于选择，还是留给喜欢选择的去选择吧，但愿不要错过了期限才好，不然只是一场睡梦一场懒觉。

86. 你写词有什么了不起，我还能作曲呢，这就好比你有女朋友有什么了不起，我还有称兄道弟的女性朋友呢。你的生活不是幸福的标准，所以你就别再在我的面前臭美了，你还是去找一面大大的镜子和里面的人慢慢地臭美吧。

87. 要是只体验爱情的温暖，不经历爱情的苦涩该多好啊。但是不可能，这世上没有免费的午餐，如果有，那也是延迟付费。爱情也不例外。

88. 不知道又要做什么梦，但是我的睡意已如潮水般涌来了，我真的要睡了，请不要阻止我，你也阻止不了我。因为我是响应自然的号召，所以拜托你放过我吧。正如你放弃那么深爱你的男孩一样，你这个我不得不称之为亲爱的女孩。拜托了，谢谢了，再见了，当然了，最好还是不见了，在梦里也别见了。

89. 现在有两个女人，一个始终坚持她的付出需要得到回报，也就是要你的爱情，但你却不能给她爱情；另一个女人为你牺牲了一切，对你却不图回报。大部分都会喜欢第二种女人吧，毕竟，谁不想要无条件的爱呢？

90. 我不想写我睡不着觉的事情了，虽然这个睡不着觉是不是失眠还有待研究，但是我是确实睡不着，睡不着也是确实的。所以我又害怕重复，但是害怕也是重复的，我都不知道我是害怕重复还是害怕害怕了。总之，我是迷糊了，我是糊涂了，我是分不清东南西北了，我是介乎于糊涂难得和难得糊涂之间了。你给我好好考虑，考虑爱不爱我，考虑嫁不嫁给我，不然的话，我都不属于我，我都控制不了我。所以你给我小心点，小心点，别在我想睡觉的时候钻到我的眼睛里，耳朵里，心灵里，来骚扰我，我可不客气了啊，我真的不客气了啊。当然了，我只是跟你发发牢骚，你别当真啊。

第 4 节

91. 此时此刻，我必须写下自己最真实的感受和痛苦，因为我越来越感觉到我剩下的时间不多了，这就意味着我在这个时空里爱你的时间不多了，但是我在另一个时空爱你的时间却是永恒的，永不结束的。但愿这个时空的结束就是另一个时空的开始，否则我不愿意远去。因为我没法爱你了，没法爱你那还有什么意思，也就是说我没法爱你的话，那么我无论是做什么都是没有意思的，哪怕是单相思也好啊，我这不正单相思着你吗。如果说我归去了，到了另一个时空，那是没有你的日子，而我还不能单相思你，那我还有什么意思，那我宁愿不走了。或者归去了也不上云霄更不下深渊，就在这之间转悠，想靠近你的时候就化作你喜爱的暖风靠近你，想亲吻你的时候就化作一缕清风在黑夜趁着你熟睡的时候，时时刻刻都萦绕在你的身边，守护着你，爱恋着你，永远不离，永远不弃。你如果要问我这个你叫什么名字，那么我只能告诉你三个字——我爱你。

115

92. 我给你写了两首歌，一首青春清纯的，一首成熟性感的，你自己选吧，选好了就告诉我。不过我可得提前告诉你，不论你选哪一首，你都不能两首一起选了，也就是说你只能选一首，也就是说选了一就不能选二了，也就是说选了二就不能选一了。你选好了吗？你没选好，也没关系，反正我也没给你多少时间考虑，再说了你的头脑里现在还不一定上演着什么画面呢。所以啊，你还是别选了吧，再说了，让你选啊，也确实太难为你了。所以你还是去过你的小日子去吧，我来凑什么热闹啊，你是永远不懂爱情，永远不懂我对你的爱的。

93. 其实我很不想谈论这个词，这个词也没什么可谈的，之前也是费了很多口舌很多精力很多时间，但是还是说不清楚说不明白说不透彻，所以我现在又重复了，但是不完全重复啊。我这里要说的是关于爱情的一个小方面，就比如说这个追求者和被追求者，我时常觉得我们不是没有好的追求者，不是没有好的被追求者，而是我们的时代爱情潮流有问题。有什么问题呢？我也不得而知，因为我一直都没有进入过，我当然不知道了，但是这也许就是问题的根本所在了。为什么我努力向我们的爱情靠近了七八年了，却始终进不去呢，原因就在于我的圈子太低了，我的天赋太低了，总而言之，我就是一个不入流的货色，当然没有什么竞争力了，就更别说什么吸引力了。没有竞争力就没有吸引力，没有吸引力哪来的竞争力呢，那我哪儿来的爱情哪儿来的关系呢，根本就没有嘛，影子都看不到嘛。那我还讲这么多废话干嘛，逗自己玩呗，逗自己乐呗，在这里自娱自乐一下，没有打扰你吧。

94. 玩累了吧，这么多女人这么多关系，你玩不转了吧，我就知道这一天迟早是会来到你的身边的。你服气了吧，你这个花花公子，你也不好好想想，这个世界上总会有人对你不感冒吧，但是你也恰恰没发现她就是这个人吧。所以现在你输得这样惨，那也是情理之中的。辜负他人的你，也逃不过被他人辜负。

95. 一直以来，就有一种声音，这种声音很强烈，强烈得让人近乎于窒息。这到底是为什么呢？因为它觉得我写的这些文字一文不值不说！甚至连屁话都算不上，所以为此我不得进行一番反击，因为我已经无路可退了。那么我怎么反击呢？我要说的是，不是我不想写得更有深度更有力度更有高度更有维度，而是我不能这样写，所以我只好忍痛割爱，写成这样了啊。你理解吗？你不理解。那我也没有办法，因为已经这样了，我没有这个精力了，更没有这个时间了，爱情已经让我病入膏肓了，我还怎么去冲锋陷阵呢，我已经困在爱情的迷魂阵里了。

117

96. 我再重申一遍，我绝对不是花心，我也没有花心的那个闲工夫。我写诗歌，我写散文，我写小说，那都是灵感来了的事情，并非我什么人为的做作，并且这也是我做作不了的，我也没有这个能力这个心力来做作。相对于做作来说，我还不如去剪个头发，因为剪头发至少可以让我获得片刻的放松，不必去想关于爱情的一切，不必去想关于她的一切。因为我的头脑已经沉醉在洗头妹妹的双手揉搓之中了，仅此而已。

97. 其实爱和情并没有什么联系，只是我们把它们联系在一起了，所以它们也就有了联系。当然这也是无可厚非的，为什么呢？因为它们对于我们来说毕竟是益处大于害处的。而我至今也没发现爱情对我有什么益处，除了带给我伤痛，剩下的还是伤痛，当然了还有一些情感常识，这是我不得不感谢的。如果爱情允许的话，那么请给我找一个完美的替身吧，让他专门替我接受爱情的折磨和教育，好让我过两天清闲潇洒的日子，好吗？

98. 您一定很奇怪，为什么最近这几段谈到爱情之类的东西，都是浅尝辄止一笔带过？其实一点儿也不奇怪，因为我这几段谈的不仅是关于爱情的东西，您是不是看不出来啊，这是肯定的。所以我再次就不得不啰唆一段了，那就是一个词——秩序。您肯定纳闷了，您说这跟秩序有什么关系啊？当然有关系，秩序就是说我必须解决你看了这么久的疲劳和疑惑，为什么我会写这么多乱七八糟的东西。这下您明白了吧，当然如果出了意外，那么就另当别论了，但是主旨不会变，中心不会变，那就是爱情永远是属于新鲜感的，因为婚姻需要的不是爱情，而是属于那些研究结论所说的由爱情升华而得的亲情，所以我啰唆了这么多。您听明白了吗？也就说，为了便于或者加深您的理解和认识，那就是爱情是可以相信的，但是是不可以绝对相信的，如果您要是绝对相信的话，那么您不是情痴就是白痴。所以对于爱情来说三思而行并不可取，量力而行才是可取之道啊。

99. 这个抱啊，其实我不想谈，谈起来也没有什么意思，但是却又不得不谈。要我说这个抱啊，要抱你就好好抱，抱定终身，不能多抱，也不能少抱，不能谎抱，也不能瞒抱，总而言之，就是不能假抱，不能虚情假意地抱。当然了，现在这个抱一抱，也不是什么大不了的事情，但是牵涉到这个爱情的抱呢，你可得慎重了，现在这个时代不是到处都是情感危机吗，所以你小心点，谨慎点，准没错儿，各位都好自为之吧。

100. 我时常坐着发呆，一发呆就是老半天儿，耳朵里面嗡嗡的都是你的声音，眼前的一切都是你的身影，我魔怔了。真的魔怔了，魔怔了的我仍然知道爱着你。

101. 我又犯迷糊了，怎么又会想起你呢，我不是很久很久都没有写到你了吗，怎么绕了这么一大圈又回到了原点，又是爱你这样爱你那样的呢，这是不对的。因为我已经决定放弃你了啊，也已经放弃你一段时间了啊，为什么我又死灰复燃了呢？不，更为准确地说就是为什么我对你的爱又死灰复燃了呢，这真的真的不正常，这真的真的难以理解啊。难道这确确实实是一个魔咒，一个我永远也逃不了避不了改不掉的魔咒，这是什么道理，还是留给下一段吧。

119

102. 对，是应该谈谈道理了，因为我已经谈过很多次了，都是浅尝辄止，这一次我一定要深入的深刻一下，哪怕就那么一丁点儿，也要勇敢地向前进一步，免得别人说我就会表面探讨。其实我是没有那么多的时间啊，我哪儿有那么多的时间来给你讲道理喔。这个女人，这个爱情，就目前状况来说，又是讲得清楚什么道理的啊，什么道理都讲不清楚。你知道吗？你明白这一点就行了，所以也就不用我多费笔墨给你讲什么道理了。你明白吗？没明白的话，那就慢慢明白吧。再说了，爱情有什么道理可讲啊，不是糊里糊涂，就是作茧自缚。

103. 我终于理解了，为什么曾经的敌人终究会走到一起，那是因为曾经的敌人也会成为今天的朋友，哪怕还不是朋友，只要有一个共同的朋友的标准就够了，也许就是一套职业装束或者身份的证明，也许这也就是有那么多分手的爱情又死灰复燃的原因吧。

104. 如果被恋人要求做改变，被恋人指责你哪里哪里做得不好，那么你要警惕了。他们这么做的时候，极大可能不爱你了。不耐烦和厌倦已经充斥着他的心，别处的诱惑也在搅乱着他的情绪。懦弱又不敢承担的毛病导致他还在表面维持着岌岌可危的恋爱关系。他没有勇气直面变心的指责，也没有勇气承担恋人的痛骂，更或者他沽名钓誉，仍旧想被当成好人。为了体面地全身而退，他便将问题推到你身上。肥胖、贫穷、门不当户不对的问题被他抛了出来，好像这些问题是忽然冒出来似的。爱一个人，连他的缺点也爱。反之，自然就知道是怎么回事了。

105. 想象是无边无际的，原因是说不清楚的，时空在轮转，自我在现实里彷徨，梦幻的你给了我什么样的幻觉，觉悟才是爱情的最后归宿，而非他们说的那样，幸福并不是想忘就忘，但还是忘了才对得起自己的一片衷肠。

106. 键盘上的声音此起彼伏，孩子的哭声正在诉苦。假想一个美女正在糊涂，那么同一张脸，又怎么重逢，是童真，是无知，留给你自己数数。那些别样的梦幻，又有什么差距，再旧事重提还有什么意义。

107. 反正每个女孩或者女人都是有各自的魅力的，你不喜欢的，总有别人喜欢，你看不惯的，总有别人看得惯，你不理解的，总有别人能理解。所以，那些因为不被爱而妄自菲薄有什么意义？上天还是上苍不是都已经安排好这一切了吗？何必杞人忧天呢。还是怀着期待的心情轻轻松松坦坦诚诚地生活，命运的礼物在前方，幸福总会是来敲门的啊。不然上苍给予我们这扇破旧的门窗还留着做什么呢，那还不如早点拆了，拿来自己烤火。

108. 女人，虽然千差万别，但都大同小异；女孩，虽然大同小异，但都千差万别。这是女孩与女人的区别了，也是女人与女孩的区别了。

109. 如果谁说爱情不是过眼云烟的话，那么他或者她肯定还沉浸在爱情的短暂的甜蜜之中，这是毋庸置疑的。但是，那注定要来的暴风雨应该会更猛烈吧。完美的幸福背后可能暗藏陷阱，甜蜜享受的越久，中毒就必然深不可测啊。由此，痛苦到无边无际，也就不是什么稀奇事儿了啊。

110. 你这个遗忘的人儿，肯定是被某个人遗忘了，但是你遗忘了那某个人吗？如果还没有的话，那么是时候遗忘了，因为时间已经逃走了，它一去不复返。你还在等待什么呢，你也等不到什么了。放手吧，决定吧，遗忘吧，遗忘不属于你的幸福，挣脱沉溺已久的泥潭，向前走。正确的缘分从来不在过去，而在未来。

111. 美，都是有毒的，此时此刻，你没有发现，那是因为你被迷惑了。所以，别等到致命的时候，才想起来躲避，到了那个时候，一切都已经晚了，完了，因为已经注定了，你必然要成为美的献祭品了。

112. 挑剔不好吗？还是挑剔一点儿吧，免得随波逐流，免得总被情伤，免得那些所谓的爱情来得太让人应接不暇和疲于奔命。

113. 孤独是不好的，逃避也是不好的，孤独地逃避就是好的吗，逃避孤独那就是好的吗？我想都不是。安静点，用心点，渴求别那么强烈。想要做成什么事，就要平静你的内心，安抚你的心灵。

114. 女孩的泪，女人的泪，虽然都是泪，但是却也是大不相同的。不同在何处呢？在于你珍惜不珍惜，如果你珍惜的话，那便是无价之宝，如果你不珍惜的话，那便是一文不值。所以很多时候，我们颠倒了主次，模糊了重点。面对疑惑，需要思考，再思考。

115. 依赖是一种心理上的疾患吗？那么离开是不是

治疗依赖的良方？也许都不是吧，依赖是信任对方，愿意把自己交付；而离开并不是为了克制依赖，而是失望的结果。

116. 很多时候，我们都很在乎爱情，但又有谁在乎过爱情的影子呢，或许很多人根本就没有想到吧，更别说看到了。所以别说你爱得深爱得痛，因为你的深你的痛绝对不及爱情的影子的万分之一。

117. 微笑是应该庆幸的，一直微笑着是更应该庆幸的，爱情带来的是微笑而不是泪水本不容易，一直带来微笑就更不容易了。如果要说一句对爱情的祝福，那么我会说："愿你笑口常开。"

123

118. 快乐只是一瞬间的事情，哪有什么永恒的快乐时间啊。快乐只能被定格，并不能永远，更不能永恒。

119. 没有爱情的日子，依然快乐，这是很好的，但愿你的依然快乐并不是要强的伪装，更不是短暂的获得。你的快乐要是真心的，笃定的，长久的。

120. 相爱时无限闹腾，分开时才安分，那我们就好好地安分吧，由恋人发展成为陌生人，也没什么不好的。

第 5 节

121. 其实爱情和亲情并没有什么联系，只是非要给它们强加联系的人多了，所以它们也就不得不背负人们赋予它们的联系了，其实这是不对的。但是好像没有人说出来过，那我来做这个脏活累活吧。

122. 怀念，是的，这是一个美好的词儿，但是为什么却有那么多的人想把它带入歧途呢？在这儿，我先提醒那些披着什么华丽外衣的前任不要有这个打算，就算有的话也得给我立马斩断，不然有你的好果子吃。

123. 也许你的幸福是简单吧，但愿你的幸福能够长久，不然你那简单的幸福，恐怕单纯不了多久，终究是会被时间磨损得荡然无存。

124. 没有未来，是难以理解的，看不见曙光，是难以理解的。难道你们的爱情脱离了太阳的照射范围吗？我不相信，幸福终将来敲门。

125. 渴望爱情？拥有爱情？都是不对的。顺其自然获得爱情才是对的。否则没有缘分的爱情和幸福又能有什么好渴望好拥有的呢？

126. 我的灵魂在牵挂着你，你的身体在牵挂着我吗？我不奢望你的灵魂也牵挂我，我只奢望你的身体能牵挂我，我就满足了。我只能退而求其次了，不然，我真的太落寞，太失败了。

127. 爱情，历来都是一种奢侈品，而单纯的爱情更是奢侈品中的奢侈品，如果你偏偏追求爱情，那么你注定要付出更多的身心以及承受更多的伤痛。

128. 忘记那个你爱错了的人吧，对你对他或者她都是一件好事，都是一种解脱。别让你的世界再没有阳光了，耽于回忆无异于自取灭亡，甚至灭亡得一点儿可悲的气氛都没有。

129. 生命的归宿，是的，你的生命的归宿是什么呢，难道就是他或者她那遥不可及的爱情吗，你不觉得你迷路了吗？也许你该停下来好好地休息和思考一会儿了，再决定行进的方向和路途。

130. 如果你不对自己负责的话，那么未来也就不会对你负责了，因为结果可不会陪你演戏，虚假的招式于事无补。人生是这样，人生中的爱情自然也是这样。

131. 悲伤，为什么就一定要凄凉呢？为什么不能快乐地悲伤呢？也许是时候考虑这个问题了，因为我们已经悲伤得太久太久了，是时候快乐地悲伤了。

132. 幸福如果没有期限的话，那么幸福就不称其为幸福了，所以把握好那有期限的幸福吧，更要接受期限结束之后的一切后果。

133. 请不要试着去解读爱的含义，因为爱的含义是永远也解读不明了解读不尽的，所以坦然地面对接受，而并不贪婪邪恶，就已经足够了，赘言于此。

134. 如果生命可以为所欲为的话，那么又怎么解释生命的脆弱呢，还是自我爱怜一点儿吧，有时候我们需要自己对自己好一点儿啊，由此，我们才有勇气和能力去迎接那未知的已知的幸福或者痛苦。

135. 姑娘啊姑娘，为什么你一定要骄傲呢？难道微笑不是你更美的武器吗？难道暗夜里的感伤才是你的所有吗？姑娘啊，看来你是时候自由飞翔了。

136. 先痛痛快快地绽放一次，然后再快快乐乐地生长一回吧。爱情亦如此。

137. 还好你还只是迷恋，还好你丢的也只是自信。但愿你还没有痴狂，但愿你的自尊还在，但愿爱情还没把你彻彻底底地占有和打败。

138. 爱的能力如果消亡了的话，那么我活着还有什么意义？也许这是我应该思考的一个问题了，否则真的成了一具行尸走肉了。

139. 我喜欢从门进入，然后由窗逃跑，就像玩游戏一样。爱情又有什么不可以游戏的呢？有时候太认真了，反而不好，难得糊涂，难得逍遥。

140. 如果要探究这个信息时代的爱情的速度的话，那么这无异于自讨没趣，所以我这个糊涂蛋还是不做这样的傻事了，留给那些好为之的好事者吧。

141. 天都亮了，你还没有睡着吗？也许你睡不着是对的，因为你的回忆也没有睡着。你这么尽心尽力地陪着她是对的，因为她是你的回忆，你的回忆是她。你慢慢地回忆吧，在回忆里慢慢地睡着吧。

127

142. 我真希望在我流浪的时候，能把我那随身携带的悲伤贱卖了，但是有谁又会买呢？看来这个包袱，我还得自个儿背负着，直到流浪的尽头，也许是大海，也许是荒漠，也许是我的归期之地。我得谢谢，谢谢我的流浪，谢谢我的悲伤。

143. 我已经在爱情的迷宫里待了很久很久了，但是为什么释放我的命令还不到来，难道我还没有把我的罪过赎完吗？难道我的罪过越来越多了吗？难道我就不能离开这个可恶可恨的爱情迷宫一步吗？我要疯了，真的要疯了，是不是非要等到我疯了之后，我才有可能被释放啊，那我现在真的疯了，所以你们就把我释放了吧。

144. 如果爱情里真的有两全其美的事儿的话，那么又何必创造两全其美这个词语呢，这只不过是人们对于爱情的一种美好愿望罢了。

145. 人生就是一场选择题大赛，做完了一道题，又来一道题，甚至你上一道题还没有做完，那么下一道题就已经悄然而至了。所以不要抱怨，错过月亮的时候只顾着叹息，那么还会错过星星。所以专注点吧，为了那招摇而过的爱情抑或幸福。

146. 失恋，有什么可以哭泣的呢？这不正说明了上苍对你的关爱吗，让你提前脱离感情的泥淖。塞翁失马焉知非福，好日子还在后头呢。

147. 本来爱情里面疯狂和灭亡是没有一丁点儿关系的，但是既然有人来给它们牵线搭桥，那么我也就顺其自然，不然别人会说咱没有一点儿与时俱进的思想和意识。生搬硬套也好，生拉硬拽也好，反正，别人说了算的时候，你就凑个热闹呗。再说了，别人好不容易有这么一个机会，为何不能成人之美？这不叫拍马屁，这叫韬光养晦。

148. 那条小路上依稀还有我守候你的影子，我仿佛又回到了曾经的那个时刻，心中的血液开始慢慢地燃烧，进而无声无息地沸腾，仿佛说明了我仍然爱着你。是的，我确实仍然爱着你。

149. 你的影子，我都不能拥抱亲吻，你的样子，那还用说嘛。反正，我是彻底失败了，败在当初那一腔热血了。看来爱上你还真不是一件容易的事儿啊，也许我该撤退了，再见，我的爱。

150. 不要问完美有多完美，因为那是不可知的。既然不可知，你又何必苦苦追问呢，追不到答案，这不是没有任何意义吗？难道你那所谓的完美爱情真的就那么让你着迷吗？我可怜的女孩，醒醒吧，这世上没有完美的爱情。

第 6 节

151. 如果说人生是一场舞会的话，那么就难免有失公允了，因为我们的爱情不允许有那么多的舞伴。所以还是说人生是一场聚会吧，好聚好散，好散好聚。

152. 在爱情里，失去了也好，忘记了也好，总之，都看淡点，反正不是你的你别强求。尽人事，知天命，就对了。所以多余的啰唆的话，就不必说了。

153. 寂寞，如果是可笑的，那么隐藏又有什么必要呢？倒不如让寂寞可笑得更坦荡一些。

154. 如果我真的是一位爱情狂徒的话，那么我希望我可以做一辈子的爱情狂徒，因为很多人都说一辈子能把一件事儿坚持做到底不容易，所以那就成全我做一辈子的爱情狂徒吧。

155. 这年头，结婚结得快，离婚也就离得快啊，如此看来，我还是有机会成为你的男人的嘛。我要努力了，为了在不远的将来能和你举案齐眉，做个一辈子相知相守的人，我要开始健身了。

156. 如果你不说再见，那么我也不会说再见，因为我们恋爱不容易啊，所以都别轻易说再见啊，好吗？答应我，一定要做到，哪怕就一秒钟，你也要成全我，好吗？我的爱人。

157. 年轻的脸，总会时不时地接受泪的洗礼，这到底是一件好事儿还是坏事儿呢？我看因人而异。眼泪是弱者前进的围挡，却是勇者成长的勋章，

158. 如果爱情是一场游戏，你需要明白和牢记的是，先动心者永远都做不了庄家。请原谅我自负的忠告。

159. 在残酷的爱情现实中，最奢侈的事情莫过于含情脉脉的凝视。所以我们就好好地奢侈吧，不要等到我们都没有时间和力气的时候，才想起这么奢侈一下的话，那是一件多么遗憾的事情。

160. 我在自己的花园，播种快乐、悲伤以及更多的情绪，请不要随便进入我的花园，千万不要进入我的花园，我怕你发现我藏起的情谊，怕惊扰你的青春年华。

161. 如果求不得是一种痛苦的话，那么往往还伴随有痴情的痛苦，痴情与求不得相伴而生，犹如双生花。不过，有时候这样的双生花多了的话，被折磨的心灵将难以承受，所以还是给自己创造一片新的乐园吧。

162. 爱情里没有什么谁对谁错的，何须那么计较？

131

爱情中，遇见争吵的时候，你还是可以让着点儿嘛，何必只会认死理呢？

163. 在爱情里存活就很不容易了，还想感受炽热的感情，这可有点儿难为人了。我再怎么长篇大论，也解决不了你的这个麻烦问题啊，我辞职，我请退，请原谅。

164. 我用我那残缺的外表以及空荡的躯壳来典当，希望够你一辈子幸福的花费了，我能做的也就这么多了，我爱的人，我愿意将仅剩的一切献给你。

165. 放弃属于你的爱情幸福吧，因为很多人在嫉妒在垂涎，所以还是把它留作回忆比较好，比较安全，比较长久。请原谅我的这些无知言论以及直言不讳。个中道理和意蕴，请你慢慢思虑吧。

166. 有时候，疯子说的话，并不一定是疯话，没准儿就是预言，所以下次你遇见疯子的话，客气一些，好吗？因为我差不多也是一个爱情疯子了。

167. 完美，确实是需要付出代价的，而且你所谓的完美也只是你所谓的完美，所以为了你的所谓的完美付出那么大的代价，你觉得值得吗？就算值得，我也劝你别那么做，好吗？因为在爱情里预支是不好的，透支更是不好的。

168. 在我的世界里，上演了一次又一次颓废，所以你不要再逼我了，因为我已经颓废得太傻太天真了。你的浮华，不是我能懂的美丽，请原谅。

169. 希望一万年以后，我和你之间的距离，仍然只有一个转身那么近。我这样祈祷着，因为我的灵魂会爱你很久很久。

170. 我们的天空，有一个你，有一个我，至于其他的人，已经没有立足之地了。我的姑娘，我的宝贝，我对你永远忠诚。

171. 也许，我的心被你撕碎了，并且还扔给不知哪个地方的哪条狗了。我的个可怜啊，我的个可悲啊，真是个难以言说喔。你说我怎么会爱上你这么一个无情无义的女人喔。我郁闷，郁闷，一直郁闷。

172. 枫叶都知道我爱你，你怎么就不知道呢，难道我爱你爱得还不够？也许是吧。所以枫叶才会一片又一片飘落吧，以此演绎它们的凄美，预示我的爱情没有结果，注定幻灭。

173. 难以理解的地方，难以理解的你，难以理解的我，这就是一个故事了。怎么演绎，怎么继续，没有必要浪费笔墨了，还是留给我一个人收藏吧。

174. 我在思念你，也许你的身份已经发生了翻天覆地的变化了，也许你的位置已经发生了覆地翻天的变化了，反正不管你怎么样，我还是思念你，不会悔改，不会遗忘。

175. 微笑也好，哭泣也罢，就是因为你，都是因为你。你掌握着我情绪的控制键，你记住这一点就好了。你记住这点，我就死而无憾了，哪怕到死都没有得到你一丝一毫的爱或者情，请原谅我爱你爱得这么无怨无悔。

176. 当风也在哭泣的时候，就是我已经为你流干了眼泪的时候，你知道吗？如果你还不知道的话，那么我会嘱托风转交我的情意。时间预约在夏天的清晨，当你打开窗，感受到迎面而来的清新的凉爽，那就是我的信使到了。

134

177. 选择放弃，还是放弃选择，这是一个多么可怕的问题啊，但是我时时刻刻都在这样的两难之中啊。这一切都是为了什么啊，为了你啊。我希望你明白，因为我怕我的时间真的不多了，而你还没有体谅我，那我真的是徒劳的爱你那么久了。

178. 自由，爱情，爱情的自由，自由的爱情，这到底是为了什么，说到底还是欲望，还是欲望说了算，那还扯来扯去的干什么呢，顺其自然吧。

179. 就让我沉沦吧，因为我已经清高太久了，清高已经快要夺取我的生命了，就让沉沦来拯救我的生命吧，以此让我复活让我新生吧。

180. 你偷走我的心是不对的，你应该还回来，并且应该进行一定的赔偿，你知道吗？不然你叫我怎么活，不然你叫我怎么生，不然，哦，你是不是故意这样做，以此谋杀我啊。

第 7 节

181. 欢喜，伤悲，都不过是一场游戏一场梦罢了，何必当真，何必贪恋，好好地睡一觉就好了，醒来又是一番新的天地新的景象。至于往往复复的折磨就更不需要了，忘记自己，忘记他人吧。

182. 过去了，就是过去了，何必要留下任何影踪呢？哪怕美丽，哪怕伤痛，让一切都随风而逝吧。既然已经决定分手了，那就分得彻彻底底的吧，何必还要藕断丝连，徒增纠葛。

183. 一个又一个烟圈，在我的四周环绕，就像你的影子在我的身边转悠，我用力去拥抱，却只抱得一团空气。我渐渐知道，你是真的走远了，我来不及追你了，我来不及抱你了，我来不及吻你了，我知道一切都来不及了。因为我也快和这些烟圈一样了，不知不觉就幻灭了，散得无影无踪了，甚至难以留下一丁点儿足迹。我认了，谁让我爱你呢？

184. 既然失去是注定了的了，既然缘分是没有结果的了，那你还贪恋什么呢。赶紧撤吧，不要苟延残喘，失去最后一丝体面。你们都有付出，就不要去计较多少了，还是换个人吧，开始新的感情吧。

185. 优雅的女孩，谁都喜欢，但是绅士又有几个呢？再说了，优雅的女孩也不一定就喜欢绅士啊，那你能怎么办呢？还是脚踏实地地增强自己的人格魅力吧。如此，早晚有一天你会拥有的。

186. 一人，一心，一次，一爱，这倒像是格言啊，不过倒是没错，也许一个人一生中只有也只能只有一次真正的爱情。

187. 季节已经走远了，而你却决定盛开了，你这是赌气还是豪气呢？我想恐怕没有人会明白。那你就用你的实际行动来做一个完美的诠释吧，谢谢。

137

188. 你的天空，有我留下的伤痕，你的故事，有我写下的真诚，也许正是我的真诚才会给你留下伤痕吧。我记住了，我一定改，下次一定改，不过下次的对象就不是你了，请原谅。

189. 这个世界上没有什么幸福的爱情城堡，这只不过是一个千百年来不变的经典谎言罢了，你怎么还要当真呢？你上那么多的当，吃那么多的亏啊，你现在知道觉醒了吗？你说，你觉醒了，但你还相信有幸福的爱情，只是自己运气不好，没碰上而已。我为你担心，但竟然更多的是欣慰。你仍然有希望，有憧憬，证明你没有被不幸击溃，祝愿你能幸福。

190. 如果说暗恋是可怜的，那么爱情就应该是可爱的了，可是世间的人儿，懂得这些道理吗？我看到的，我听到的，我感悟到的，只有误读，只有谬读，只有亵渎，如此还能奢求什么呢？

191. 思念就思念吧，还要思念每一个四季，你是不是就为她而活了啊，说得跟真的一样，那这样的四季不过也罢。

192. 爱啊，情啊，说到底还是负责任的好，不然有的是你悔恨的时候。所以啊，不要强加给爱情太多世俗和欲望的东西，不然真的是会作茧自缚的。

193. 在这个物质化的社会，我们都容易在不经意间把爱情还有女人商品化，这就使得我们越来越缺乏人味情味人情味，这是值得我们深思反思的。

194. 未知的痛苦和知晓以后的痛苦，一个比一个痛苦，并且会延续会灼热会让人失去思想的自由，戴上沉重的枷锁和镣铐。我害怕，却无从抗击，我抗击，却反被打击，痛苦更甚。这是什么道理，真是迷糊的搞不懂，如果你已经搞懂了的话，那么麻烦您赐教赐教，小生在此先行谢过了。说得直白一些，怀疑被爱人背叛和已知被爱人背叛，都是痛苦的，只是痛苦的时间和痛苦的周期不一样罢了。

195. 我又开始彻夜失眠了，还是为了你，我也不知道我究竟是爱你什么，但是我还是欲罢不能无法自拔，究其原因也是不得而知。所以我再次在这遥远的地方呼唤你，请求你给我一个答案，让我吃得香甜，让我睡得安稳，谢谢了。

196. 我又想起了好多事儿，都想写下来，但是我怕是没有这个时间了，因为已经被你霸占得差不多了，虽然你不是主观故意的，但是你的犯罪行为却是有目共睹的，为此我再一次向你提起结婚请求，请求你嫁给我，好吗？

197. 短短数日，我就经历了那么多的挫折打击，并且一个比一个大，一个比一个狠，一个比一个出乎我的意料。难道我真的老了吗？难道我真的不中用了吗？难道我真的错了吗？我想的头痛欲裂，便想就此作罢了，就不去想了，免得头疼，免得心烦，免得身心憔悴，免得等不来我胜利的那一天。所以我就慢慢地等吧，等他个天昏地暗，等他个日月无光，等来属于我的时刻，等来属于我的舞台，因为我已经创造了，剩下的就该是时间来完成的了。我相信时间是不会辜负我的，因为我在爱情这件事情上从来没有辜负过时间，所以还啰唆什么呢，等吧，继续等吧。

198. 很好，瞌睡终于来了，我得睡觉了，响应瞌睡虫的号召，至于爱你的事儿，就留给梦吧，就此别过，梦里再会。

199. 晚上熬夜，白天起不来，这个责任谁负啊？我想来想去啊，还是该你负，我这么没日没夜地写来写去写东写西为了谁啊，还不是为了你。你说你啊你，你怎么就不明白我对你的爱呢，你还非要挑三拣四的啊，你摆的什么公主架子啊，就算你是公主，那我这个王子也是绰绰有余了啊。难不成是我自视甚高了吗？好吧，我努力体面，虽然输了，但要输得起。我克制失望，我平息气恼，我大气地祝福你。祝愿你永远幸福，永远无忧无虑，祝愿你生活永远充满新鲜感。

200. 没有爱过的人，哪会懂得什么是爱。但爱过的人，又无法用文字把爱写透。我也不能。我只能形容，它是一种奇妙的体验，在爱情中，你会展现自己从未展现的一面。而爱的表现又各有不同，有欢乐的，痛苦的，温柔的，纠葛的。爱有千面，用文字写不尽，用话语说不完。

201. 不远不近，不冷不热，这倒像是我们之间的关系的一种真实写照，不过稍有欠缺的就是，还不够精练，还不够精准。要我说啊，你就是下不了决心，至于是个什么决心呢，你我心知肚明，在此我就不再言明了。为了保护你我的隐私还有生命财产安全，这个问题就谈到这儿吧。不过可以言明的一点就是，你已经不爱他了。你爱我确实越来越多了，如果不出意外的话，我想我们在一起的日子，不会再遥远了，或许就是明天，或许就是今晚。

202. 恋爱中的人，总是克制不住自己的嫉妒。陷入嫉妒，你就返到了一种小孩的状态，甩脸色，不和对方说话，说话也说一些反话，闹腾了一阵就是想被哄，就是想确认自己还是不是对方的宝贝，这不正是小孩子的状态吗？

203. 你不要总是来干涉我的私生活，难道我就没有一点儿自主的空间自主的权利。你不要咄咄逼人好不好，我是讲道理的人，你不要逼我这么一个讲道理的人不讲道理好不好，不然兔子急了还要咬人。你知道吗，所以我也不想跟你吵了，你走吧，走得越远越好，消失，永远的消失。然后它就走了，我的单相思。

141

204. 如果复仇能解决一切问题的话，那我也就不用这么心力交瘁了；如果仇恨能化解一切伤痛的话，那我也就不用这么身心疲惫了；如果一切能从头来过的话，那我也就不用这么狼狈不堪了；所以如果你不诱惑我的话，那我也就不用爱上你了；所以如果我不爱上你的话，那我也就不用承受你的诱惑了；所以如果一切能从头来过的话，那我也就不用这么狼狈不堪了；所以是我爱上你也好，还是你诱惑我也罢，总之我们的缘分到此结束了，再见，哦，不，不见。

205. 这个功名利禄啊我是不太在乎的，这个吃喝玩乐啊我也是不太在乎的，我所在乎的呢，只是逍遥自在而已。所以从现在开始就罢黜锁在我身上我心上的铁链镣铐，我要自由。你明白吗？明白了就跟我妥协投降，懂吗？

206. 是的，这何尝不是一种交易，一种正当的交易，一种习以为常延续千年万代的交易。是的，这是赤裸裸的交易，但是却是合情合理合法的交易，这个交易就是婚配。只不过现在流行配婚了，这倒是更体现了交易二字的精髓，仿佛回归融入了本初的意思，这真是可喜可贺的事情。只不过啊，这个爱啊，这个情啊，有一种变质毁灭的危险，不知各位有没有看到或者闻到呢。反正我啊，是觉察到了这么一点点，这只是我的一家之言，倒也不一定准确。

207. 也许有的女人太漂亮了，真是一种罪，一种原罪，一种永远也摆脱不了的原罪，就算死亡了入土了依然无法抹灭的原罪，这到底是为什么呢？原因就在于有的女人太漂亮了就容易变成尤物了，进而就成为某些男人的猎物了。就算你有很高的智商情商外加高学历高知识，但是依然是你的外貌先跳入男人眼里，哪怕这种可能是万分之一，也会落到你的头上，只要你足够的漂亮。那这么说来，太漂亮的女人应该怎么办呢？我觉得啊，很简单，那便是什么呢，让能力先行，外貌带来的便利远不及本事带来的便利长久，远离那些用物质来诱惑青春的男人，做到不贪恋不世俗。正如那句名言"不知道命运赠送的礼物，早已在暗中标好了价格"，千万不要去出卖青春和美丽。以色事他人，能得几时好？如果你能做到这些，就算你是绝世美人，我想你也能做到平安幸福快乐一生的。

208. 陌生人，陌生的女人，陌生的陌生女人，我真不知道能用什么词儿来形容你们这一类女人了，不过唯一可以肯定的就是你们的好坏，因为你们的好坏那是能立马见分晓的。所以说，女人一般都不擅长狩猎，但是擅长狩猎的女人绝对不一般。这话怎么蹦出来的呢？很简单，看动机，就这么简单，看你最原始的动机，看你最本真的动机。所以保持头脑的清醒和对女色的一定定力，这就显得至为重要了，要不然这也就不会成为一门课程了。但是遗憾的是，很多人进得了这所学校却毕不了业啊。遗憾，十足的遗憾，可悲，万分的可悲。不过，只要你不算太坏，还有此消彼长的机会。所以坚持梦想，保持信心就显得尤为重要了。要知道这是一个新生的过程，就必须接受新生的痛苦，进而才能享受新生的成长与喜悦。所以忍受吧，哪怕是熬，也得熬出头啊不是。所以，乖乖的，睡一个好觉，做一个好梦，就不是那么简单而又轻松的事儿了，因为这已经和千丝万缕的关系产生并连接了千丝万缕的关系了。

209. 我从来都不觉得你是一个好女人，我也从来没有爱过你，哪怕是一分一秒，那也是绝对不可能的。因为我不光是看到你就眩晕，我就是想到你也眩晕得不得了。不过也算不上什么想你，而是你的影子或者样子误入了我的脑袋而已。总之，你就是太眩晕，眩晕得让人受不了，所以你不要给我谈什么爱啊情啊的，我要躲得远远的，我怕我会沉溺。

210. 找不到点了，那我还能想些什么呢，写些什么呢？我无能为力了，我错过了一次又一次机会，我胆怯了一次又一次，我怯弱了一次又一次，我弱势了一次又一次，我还能怎么样呢？我已经厌倦了我所谓的等待，我所谓的等待带给我的也只是无以穷尽的厌倦。一切都在原点打转，只不过快慢不同而已，而快慢的不同却是解决不了任何问题的，因为原点是无法逃离的，打转是无法停止的。这倒好像是造了一个永动机，不过这只是在我的脑袋里心灵里的一个永动机而已。于现实来讲，并未有什么现实意义，更不值得什么研究或者探索，唯一有价值的就是能够说明我有多爱你，就这么简单，也只有这些。

第8节

211. 吵架，我是不擅长的；对骂，我更是不擅长的，我所擅长的事儿只是摆事实讲道理而已。为此就有一部分人就不理解我了，说我是什么刁钻毒辣之人，这可真有点高抬我了。我是那样的人吗，我不是。我也配不上这几个字儿啊。要知道这个刁钻毒辣是何等的荣耀啊，我怎么能愧领呢。所以拜托各位还是一切从实际出发，对我这个问题具体分析，给我一份满意的答案。至于其他的，我在这儿就不多余啰唆什么了，只不过，对于爱情，我确实比较毒舌而已。

212. 突然之间，我的腿疼了，莫名地疼，疼得稀里糊涂的，找不着北了。这倒也好，至少消灭了一些想你的细胞，省得我烦躁。可是就算我不烦躁了，你就不烦躁了吗，你不还是照样移情别恋吗，你不还是照样栉风沐雨吗，这还是没有什么分别。因为我痛不痛、疼不疼都改变不了你，更改变不了你我的现状，将就吧，将就吧，将就吧。因为你我都不容易，也都不争气，谁让我们爱得这么奇奇怪怪的呢。不过还好，幸而这种爱这种情还有一种莫名的幸福感，不知你有没有或者感受到没有，反正我还是爱着你的，依然爱着你的，决定依然还是爱着你的，就这么简简单单纯纯洁洁。

213. 此情此景哭天抹泪闹分手不知上演了多少场多少次，但是仍无禁止消亡之前兆抑或迹象，鄙人料想，必是不到万劫不复之地，不可置之死地而后生啊，不过是在爱情里自我愚弄自我欺骗罢了。不过这倒也不是没有什么好处的，至少为促进爱情交流或者升华贡献了不可磨灭的力量还有精神，却是值得肯定赞扬还有发展拓展的，所以啰唆的结果就是我困了。

214. 熟悉的旋律，熟悉的歌声，熟悉的，一切都是熟悉的，仿佛已成了定律一样，但是每一次却总有别样的新鲜感，真是快慰极了。但是这种感觉却总如仙女投怀一样，片刻即逝，甚至是分秒即逝，让我难以捉摸啊。想多亲近一会儿都不行，真是无奈，无奈地狂想，这种难以估价的奢侈，真是令我疯狂了，幸而还没有癫狂，不然那可真是羽化了。但是羽化了也没有什么不好，过得自在，活得逍遥，真不知人人要奋斗到何时，进而到何地，才能有此体会抑或体味啊，反正我是提前消受了。

215. 美丽是一种错吗？错的只是你不懂欣赏，君不见有人甘愿为此付出鲜血，付出血泪，付出生命，付出灵魂吗，所以这一切都没有错，错的只是你不懂欣赏。当你懂得欣赏的时候，请别忘记你已经成长了，但是你也必须付出你成长的代价，时间的代价，不容拖欠，不容逃避，不容有一丝一毫的徇私舞弊。因为这真的太需要正直了太需要真诚了太需要诚信了太需要信念了，所以哪还需要管什么错不错的呢，跟着时间的脚步行进就好了。

216. 用自己的鲜血，用自己的生命，来成全一个人的幸福，这是多么的伟大，伟大的近乎虚无，但是确实真实得有点让人可怕。因为事实已经摆在那儿了，多余的话讲了又有什么用呢？唯一有用的话，那便是警醒，或者训诫，这是一种无声的力量，以便让你我检讨自己的一言一行，进而修正自我的方向，达到化育的效果。可是可悲又可怜的是，有谁明白呢？

217. 开机的我不知道关机的你有没有想我，关机的你不知道开机的我有没有想你。不过可以知道的就是，你我是分列两极的，永远也见不了面的，永远也说不了话的，永远也传不了情的，永远也逃离不了的。因为你我早就已经被束缚了，一切的痴心妄想也只是徒劳罢了。不好意思，最近比较喜欢用徒劳这两个字儿，请原谅。晚安，但愿一百年以后你能听得见我的这一句问候。

147

218. 也许是到了我灵感泛滥的时候了。不过这又能说明什么呢，不过说明我进入了一种疯狂状态罢了。如果这个时代已经不看重爱情，那我谈论爱情的价值何在呢？毋庸讳言，恐怕得等到百年之后吧，谁知道呢？在这个爱情的杂草泛滥的时代。

219. 很多时候我们以为我们很了解对手，其实我们什么也不懂，只是瞎猜罢了，到最后反而酿成苦果，自己更难以承受。你说这又是何苦呢？倒不如简化自己的思维，简化自己的言行，免得繁杂，免得冗乱，这又有什么不好呢。可是又有多少人明白这个道理呢，即使明白了，恐怕也是付出了惨重的代价铭刻了痛苦的回忆之后吧。人啊，就是这样的奇妙啊，奇妙的人都越来越不了解人了，不明白啊，不明白，要明白的话，还是留给后来的明白人吧。

220. 这是一种什么样的报复行为啊，简直难以用语言来描绘勾勒，真的可以说是蔚为壮观了。用不忠报复不忠，用灵魂报复灵魂，用折磨报复折磨，用煎熬报复煎熬，用悔恨报复悔恨，用新生报复新生。还好，都新生了，不然真不知道应该怎么收场了，也许无法结局才是最好的结局吧。作为一个局外人，这样肆无忌惮地横加指责也是值得商榷的，但是这种方式这种场面确实是让人瞠目结舌，叹为观止。还好也到此结束了，既然局都已经结束了，那我这个局外人的啰唆也就应该结束了。

221. 现在你知道贸然的尝试是会付出惨重的代价了吧。可是你现在知道了也晚了，因为你已经不是原来的你了，你已经被改变了，所以你就会想不开，所以你就会找出口，所以没人在乎的你会更加不在乎你自己，所以时刻擦亮你的双眼在爱情的丛林里才不会迷路啊。

222. 被两个女人同时爱上，两难啊两难，我难以决断了。不过也许放弃是最好的办法，是解决两难的最好的办法。这就好比在战还是降的选择中徘徊犹豫的时候，突然有人告诉你可以和啊，所以你就很容易和了。不过我要告诉你的就是和也不一定就是最好的办法，因为无论是战是降是和都不可能从根本上解决问题，只不过是做做表面工作罢了。要想深层次获得胜利，那就得攻，可劲儿地攻，不遗余力地攻，由此才有可能取得最终也是最大的胜利。

223. 这就不是陪衬了，而是相映生辉啊，真谈得上是国色又天香啊。不过即使是这样，你们那美中不足的瑕疵也是难以掩饰的，你们所显露的除了性感，就是妖媚，除了妖媚，就是欲望，除了欲望，还能有什么呢。你们除了会牢牢把握和使用造物主给你们的原始资本外还能有什么本事呢。你们不进步，你们徒有一副人的皮囊而已，而且越发沧桑。

224. 在这个世界上，概括来讲，有两种女人，一种是好女人，一种是坏女人。我们绝对不能奢望好女人能文能武，也绝对不能奢望坏女人知书达礼。好就是好，坏就是坏，又好又坏的不是暴病而亡，就是意外致死。总之，有一种既然是贤妻良母，那么还有一种注定就是风花雪月，又何必奢求她们的改变或者转变呢？选合适自己的就好了。

225. 平凡的惊艳，这是我能找到的最好的一个词儿，来形容你的美貌的词儿。请原谅我的这种冲动。因为你的平凡，你的惊艳，已经让我沉迷到无法自拔了，让我有一种精通古今中外语言文化的冲动，这种冲动是那么的真实那么的自然那么的一尘不染，以至于来赞美你都显得是那么的贴切那么的生动那么的朴实那么的华美。所以请不要拒绝我的爱，因为我不会轻易地爱上一个人，更不会爱得这么轻易，但是这一切都让你做到了。这倒不是贬低我对你的爱或者你的美貌，而是我已经开始语无伦次了。

226. 一个人的青春年华，要是没有经历一次热烈的爱情，是有些遗憾的事情。青年的爱情更趋向纯粹，生活还在远处，过去也没有伤痕，世俗与成熟都被他们排除在外。他们只是纯粹的爱，只为心动，只为快乐，只为了眼前那个人。

227. 我试过了，我试过了不止一两次了，但是我还是做不到，真的做不到，我做不到的是把自己的梦想一次又一次地粉碎，然后却又不得不一次又一次地捡起来，一块又一块地拼起来，这不就成了一个自娱自乐的游戏吗？而我还被驱赶着逼迫着如此重复着，这到底都是为了什么呢？我已经快要忘记自己最初的梦想了，仿佛那是于我毫不相干的了，这不就是现实的残酷吗，这不就是现实的无情吗，这不就是现实的现实吗，我想我快被折磨得要屈服了。但是每当我准备屈服的时候，总会莫名其妙地产生一股力量来激起我抗争的气力。这俨然成了一个只属于我的怪圈了，而我又逃不掉忘不了，真是难以言语的痛苦，真是难以接受的现实。啊，现实的痛苦，啊，痛苦的现实，你究竟要我怎么样啊，拜托你痛快一点不好吗，我真是没有任何气力再和你游戏下去了，也不想被你这么玩弄了。这一次不是你投降就是我胜利，这一回我要和你决一死战了，免得你再隔三岔五的来骚扰我偷袭我打击我。你准备好了吗？

228. 懈怠了，颓废了，一切都静止了，仿佛失去了呼吸，失去了声音，静悄悄的，让人感到莫名的恐惧。是的，莫名的恐惧，恐惧到仿佛到处都是鬼魅，到处都是陷阱。我不能动弹，我不能思考，我不能，我什么都不能。但是唯有你的样子，你的影子，你的一切，可以悄无声息而又平平安安地进入我的脑袋，进入我的灵魂，而我竟然没有一点儿本能的反应。仿佛你我就如同一个躯体，一个灵魂一样，没有什么你我的分别，没有什么你我的区分，由此我发现了爱你的真谛。那就是有你就有我，有我就有你，你我是注定的共同体，就是这么简单。我所要做的就是等你回来，等你回来，等你玩够了回来。因为我知道你是会回来的，因为我才是你的家，因为我才是你的最后的最终的归宿，我相信并且坚信，所以我等你回来，我的爱。

151

229. 越来越发觉，爱你是多么的不容易，想要得到你的爱更是多么的不切实际，但是我却无法忘却你的美你的泪，你的一颦一笑，你的千娇百媚，你的忧郁憔悴。不知在远方的你，是否也能体味到我的辛酸，爱你的困难，坚守的困难，梦想的困难，现实的困难，总之是一堆又一堆的困难，慢慢累积成苦难、磨难，最后我就不得不殒难了。在爱你的路途中，我已经走得太累太苦太受罪了，即使我不想休息，命运也看不下去了，所以他一点儿也没有给我透露一丁点儿消息，就把我带走了，带走我爱你的世界，带走你的世界里我的影子。所以如果有一天，你发觉你突然变得孤单了，那就是我远离你的日子了，所以你要提前做好准备，以免我的离去给你造成不必要的麻烦和担忧。当然了，你的后备军是很多的是很强大的，所以也完全没有必要过分担忧，因为你的生活，你的日子，都是那么的圆满，因为我的祝福是那么的真切那么的热忱，所以你好好过你的日子吧。记得在你空闲的时候，能想我一秒钟，不，半秒钟，就可以了，请你一定记住，好吗？

230. 诺言像一叶扁舟，载我飘过了那青春懵懂的岁月，可是又有谁知道，那时的我已经爱你爱得那么深切，直至今日依然是那么浓烈芳香，仿佛历经了千百年的埋葬，如今出土更是霞光万丈，但却禁不住人世间的沧桑，转眼就化为尘风土霜，飘散到痴男怨女的愁肠，融化为续写的悲伤，仿佛春夏秋冬一样。逃不掉，忘不了，还是爱你的模样，忘不了，逃不掉，还是爱你的模样。你的模样已不是当年的模样，你的心情已不是当年的心情，没有改变的只是那一段记忆，那一段忧伤，那一段文字，那一段符号，剩下的就都是你情我愿的糊涂账，所以你走吧，不必感伤，所以我回忆，不必遗忘。

231. 人的一生仿佛就是一场成长与消亡的战争，就看你怎么把握怎么奋斗了。所以人生有短跑却更是长跑，拼的是耐力拼的是韧劲，所以要有不论成败的心态，更要有狭路相逢勇者胜的精神。爱情又何尝不是如此呢？爱吧，你来晚了一步，抢吧，别人不一定会输，所以也难怪爱情被商品化啊，因为现在的男男女女已经商品化了，那爱情还能幸免于难吗？

232. 无奈我对你的爱，可怜我对你的爱，你却投入别人的胸怀，无奈，无奈，真无奈。但是我又有什么办法呢，我除了坐以待毙，真想象不出什么好的办法了。所以我还是无奈地让你走吧，所以我还是无奈地不追吧，所以我还是无奈地祝福你吧，所以我还是无奈地一个人吧，所以我还是无奈地爱着你吧，所以我还是无奈地等着你吧，所以我还是无奈地熬着吧。就这样了，无奈。

233. 准备恋爱考试了，这真是一个复杂而又漫长的过程，但是毕竟都挺过来了。可是转念一想，这人生得有多少需要挺过来的事情啊，又有多少人在多少事情上没有挺过来啊，这还真个儿不好算啊。由此可见，这个考试就纯粹是一个道具而已，所以我们还是务其实而舍其名吧，不然真的赔了夫人又折兵啊。这样的生意我们能做吗？绝对不能。不仅是现在不能，今后也不能，还不是不能，更是不能的绝对不能。所以我们得时时刻刻绷紧了这根弦儿，免得一失足成千古恨啊，到那时吧咔一万次悔不当初又有什么意义啊。所以咱们啊，就老老实实地挺着吧，别做那些揠苗助长的事儿，自然这理儿情儿就都会在咱们这边了，也更会照顾咱们了。

234. 饥不择食，犹如抱薪救火，只会更加欲壑难填，这就是我不恋爱不找女朋友的真正原因。因为我知道现在的我是一个什么样的人，更知道现在的女孩女人是什么样的人，所以在这个历史的洪流中，我不愿意扮演一个我不愿意扮演的角色。这又有什么不可以的呢？但是偏偏就有那么多的人看不惯我，不理解我，非要来讽刺我打击我，仿佛是要显一显他们的本事一样。你说你们这不是自讨苦吃自讨没趣自作自受是什么？你们非要显摆的你们拥有的爱情也好婚姻也罢，在太阳底下晒一晒不照样是千疮百孔的遮羞布嘛。

235. 战争年代的爱情是屡见不鲜的，但是像这样的爱情发生在战争年代那倒是不多见的，毕竟这不仅仅跨越了种族，跨越了阶级，跨越了年龄，跨越了地域，跨越了时间，甚至可以说是跨越了未知的宠幸和未知的召唤。但是当你觉得障碍扫除缘分美满的时候，未知的召唤却突然而至，带走你的幸福，带走你的爱恋，带走你的缠绵，带走你的可怜，没有丝毫的怜悯与同情。做的是那么决绝和坚定，好像就是要让你来不及呼吸来不及喘气来不及思考来不及接受，因为你们的幸福就好像注定是这样。这说明了什么？说明了人世间的爱情无论怎样天长地久都终有天荒地老的一天，所以那些在爱情的道路中路途中的痴男怨女们，你们可要醒醒了，不然终有一刻，你们会失去所有，你们会失去爱情，你们会失去对方的爱心。所以该醒醒了，爱情里的迷路人啊，爱情里的醉倒人啊。

236. 假如爱有天意，如果有了，又能怎样呢？如果没有又能怎样呢？难道爱真的需要天意吗？如果爱都需要天意了，那爱还是爱吗？另外这个假如也不是必需的了，爱没有假如，也不允许有假如。因为有了假如的爱如果还是爱的话，那么爱的本质就应该更改定义了。所以天意只能介入爱的结果，绝对不能介入爱的过程，所以如果你的爱有假如的话，那么就应该结束了，免得日后斩不断理还乱，你说是不是这个道理啊？所以要爱就爱得本真一些自我一些吧，免得把纯洁的爱搞得面目全非。

237. 如果一个人可以从年老活到年少，那是一件多么美妙的事情啊，但是似乎还没有人可以做得到，因为你的出生你的成长你的死亡都不是你所能决定的。就算能让你做决定，我相信你也还是会按部就班或者不知所措的，这就是可悲的地方了。我们口口声声地寻求自由，但当拥有自由的时候，我们却不知道如何安排如何掌控，这不是悲哀又是什么呢？这就好比你好不容易追到了你心中的女神，但当女神真正和你生活在一起的时候，你却又不知所措的迷茫了乏味了，或许这就是所谓的得到就是失去吧。

238. 刺杀不是一件容易而又轻巧的事情，你却在爱情里对我偷偷地放了冷枪。你明知道我对你不设防，你却利用我爱你的弱点让我死亡。你说你是怎样的心肠，是不是这么多年没有爱上我一时半晌。你这又是何必，我这又是何妨？

239. 所以时间不重要了，所以善恶不重要了，所以爱恨不重要了，当我们是成人的时候，我们忘却了孩童的需要，当我们是孩童的时候，我们不理解成人的要求，那当我们是什么的时候，我们才能互相理解彼此搀扶呢？是当我们拥有爱情的时候吗？是当我们拥有真爱的时候吗？还是当我们蹉跎了岁月却仍旧孤身一人的时候呢？

240. 生活本来就不容易，还把那些乱七八糟的事情串在一起，那这个生活还怎么生活啊？工作关系着工资，工资关系着生活质量，生活质量关系着孩子数量，孩子数量关系着个人脸面，个人脸面关系着生活意义，生活意义又关系着什么呢？我想很多人都会茫然了。因为关系已经乱了已经分不清好坏了已经难以去一一考量了。所以想要知道得清清楚楚明明白白那就是不可能的了，所以千万不要相信爱情，因为爱情附赠给生活的东西太多太沉重，我怕你背不动。

第9节

241. 能做的都会做，不会做的都不会做，那我能做什么啊？那我不能做什么呢？当我听到这样的问题的时候，我茫然了，我停顿了，因为我不知道了。虽然我已经绞尽脑汁冥思苦想了，但是我还是没有任何合情合理的答案。因为我会害怕在给出一个答案的同时又会引出新的问题，新的更加难以捉摸难以定论的问题。或许这就是学习，这就是生活。但是我所背负的我所坚守的我所笃行的，都在时时刻刻地提醒我，提醒我走远了偏离了，我的预定轨道不见了，我的方向目标不见了。所以我需要静静地停下来慢慢地喘口气，以免爱情如鲠在喉让我断了气，因为我还没有到达目的地，所以我还要继续努力。

242. 美貌真的是一种财富，这是没错的，尤其是在当今这个商品社会里。但是你如果只有美貌，而没有美貌存活的土壤的话，那么我不得不替你感到悲哀了，因为你注定了昙花一现的悲惨命运，并且还有可能死无葬身之地。所以在你拥有美貌的时候，还是多给自己的美貌培植一些土壤吧，以免今后涕泗横流伤心欲绝啊，所以多读点书吧，所以在大学的时候还是找个三观合得来的人谈谈恋爱吧，所以还是顺其自然在爱情可以发生的年纪让它自由生长吧。因为毕竟时不我待，因为毕竟机不可失，失不再来，因为毕竟每个人的青春只有一次，时间还不怎么长，好好把握吧。作为一个过来人，我语重心长地说了这么多，希望你能明白。

243. 离婚了才明白单身的好处，毕业了才明白工作的难处。这就是折磨人的现实，现实也从来便是折磨人的。正所谓不经受苦难就难以有所成就啊，所以要想取得成就就是要经受苦难的。那么结婚的人不是经受了爱情曲折的苦难了么？那么工作的人不是经受了学业繁重的苦难了吗？那么为什么苦难连接着苦难呢？原来生活就是一条不断奔流的长河，随时都有风浪，随时都有险滩，偶有的平缓恬静，便是不可多得的幸福啊，珍惜吧，生活中的每一个人。

244. 如果出租车也能成为爱情的温床的话，那么房间又该置于何等境地呢？这是无法想象的。抑或许如今的时代加上如今的世界已经不需要那些陈规陋习了，进而替代的是释放，是十足的释放野性的释放，但是那还是爱情吗？抑或称之为兽性回归比较好，也许还担不起回归二字，顶多只是暴露无遗罢了。如此我便在想，痴痴地想，如果有一天，我到了这般地步，我又当如何？不禁令人毛骨悚然大汗淋漓诚惶诚恐啊。由此，爱情已然在我的心中泯灭了，因为它已失去了美感，失去了我唯一喜爱它的因素。这便是可怕的。因为我还没有恋爱过，我的青春还没有挥霍就被无情地埋葬了，而这一切的凶手除了我的胆怯和懦弱，剩下的就只是你们的霸道和无知了。于是，我开始悲哀，进而哀痛，痛定思痛，我不得不开始欣喜，因为这样的思考或许真的是对我的最大的奖赏或者说恩赐。因为我已经厌倦了，何不就此醒悟呢？这未尝不是一件令人欣慰的事情。

245. 也许兄弟的真情真的能够感天动地，也许你们的同心协力真的能够其利断金，也许，是的，这只是也许而已。因为现实总是那么不由得你的好恶不由得你的努力，这便是它存在的价值。磨灭你的梦想，甚至是摧毁，就看你有没有力量来挽救来保留来坚持来实现，就这么简单却又是那么的不简单。因为什么呢？因为它充满了无穷无尽的诱惑力，而这一切正是考验我们的关键所在。如果你有一点点稍微的差错，你就注定了要被理想舍弃而坠入迷乱了，所以当我们面对那些可爱可亲可近可及的诱惑的时候，我们能不能理智一点儿呢？哪怕一秒钟那也是幸福的，因为毕竟这样的一秒钟的幸福是需要去享受的。不然等到你坠入迷乱的时候，你依然不知道你缘何失去了成就理想的机会以及在迷乱中受苦受难的缘由。其实人啊，一辈子有了理想就什么都好办了，只是希望你的理想是积极上进的就已经是皆大欢喜了。所以要爱就爱得专一一些吧，所以要情就钟情一些吧。

246. 生活中我们总是喜爱这样的剧情，可是往往忘记了我们所演绎的剧情，这便是可悲的了，因为我们不懂生活了。我们只是把生活当成了一种可悲又可怜的习惯，这难道还不够可悲吗？我们习惯这样吃，我们习惯这样睡，我们习惯这样工作，我们习惯这样爱情，我们都习惯了，把该习惯的不该习惯的，把能习惯的不能习惯的，我们都习惯了，习惯到了最后，我们就只会习惯了。由此我们便可以堂而皇之又无所忌惮地宣告我只是一个人而已了，一个没有思想没有灵魂的人了，这便是我们的人了。与其说是一副躯壳，不如说是一个玩具，如此而已罢了。由此害怕生活的人开始了逃避，由此热爱生活的人开始沉沦，由此我们这些人开始了追寻，由此我们的时间都被注定成了永恒，永恒在永恒里，漫无止境又漫无目的。逃避的逃避，沉沦的沉沦，追寻的追寻，如此而已。这便是人类进化到如今这般地步的生活。相比之下，爱情又能好到哪里去呢？

160　　247. 冷漠，于爱情而言，不是无情，那是什么呢？是避免被伤害的工具还是故意伤害他人的工具呢？不得而知。因为要看两个对象，一个是主动者，一个是被动者，由此又差不多有八种情况。如果要我详详细细地解释这八种情况呢，我是没有那个能力的，所以我希望时间可以给我力量，让我能够这样可以从容地驾驭以及演讲，但是我怕是没有这个福分的。因为我已经被冷漠伤害了，也用冷漠伤害过他人了，所以让我来阐述冷漠就真的有点儿现身说法沽名钓誉了。所以我还是让冷漠来讲冷漠吧，因为它比我更有说服力震慑力感召力。所以我不得不退居十八线，把舞台留给它以便给大家表演。

　　248. 沉默有时候是最好的回答，因为我知道你的回答了，那就是沉默，你也知道我的回答了，那也是沉默，沉默就真的成了我们之间最好的回答了。如此这样，这样如此，也是有原因的。因为我们的爱是沉默的，沉默就是我们爱情的语言，我们爱情的语言也不可能不是沉默，正因为如此我们以及我们的爱情以及我们的爱情的沉默，都深深地沉默了。沉默在我们的血液里，沉默在我们的头脑里，沉默在我们的心灵里，沉默在我们的沉默里。无法自拔，难以自拔，就让我们的沉默在我们的沉默里尽情地疯长吧，因为它已经占据了我们的所有领地了，顺其自然是唯一的也是最好的选择。沉默吧。

249. 每每想到时间，就觉得很奇怪，时间的奇怪就在于它的永远。但是躯体的生命不可能永远，也许你愿意生命以另外一种方式继续延续，但是如果没有我的陪伴你不觉得孤单吗？我希望你想清楚这个问题，毕竟爱情是两个人的事，不要那么草率地做决定，好吗？

250. 我不是一个容易感动的人，但有的时候一句及时的温馨的话语，却是非常容易打动我的心的，由此我又向美靠近了一步。但是，这并不代表我放弃了对待丑的立场和态度，我们就是应该打击丑改造丑，就好比我们面对爱我们的人和我们爱的人一样，就是应该放弃，就是应该忘记。谁让我们得不到呢，又何必想着念着痛苦着呢。

251. 用孤傲对付孤傲，这也是打的一次好牌。无论是爱情还是别的什么，这都是非常受用的，管用的，所以要继续发扬光大。但是有时候这样又会显得非常无情甚至是绝情，这可怎么办呢，能打打折扣吗？如果打了折扣，那效果不是大打折扣吗？看来还得不折不扣地坚持下去实行下去，不然还真的自个儿栽在自个儿的手里了。就这样吧，你说呢？问了你也不管用，还得靠我自己，所以继续无拘无束自由自在地孤傲吧。还能怎么办呢？反正在这个追你的马拉松当中我是跑不动了。

252. 恍惚间觉得，没有你的日子，自己过的每一天，都像是自己的最后一天。我真想把自己的每一天都当作最后一天来过，如果可以的话。但是由此我就恐惧了，我怕这样一来，我就快归去了，但是能获得新生也很好啊。问题是不能，所以我很害怕，害怕这样一来，我没着没落的，就稀里糊涂地去了。这虽谈不上什么悲哀，但也算是有泪可流，哭得出来的事情啊。所以，日子还是稀里糊涂地过着，但是归期却是恐惧的莫名。真想永远不想，不见，如此，这便好了。然而，现实的爱情，残酷就残酷在这里，要你不折不扣地败给它，还不准你哭也不准你笑，就让你这么默默地忍着，熬着，真个是有点儿温水煮青蛙的感觉。

253. 如果爱情里的幸福来得很突然，那么爱情里的痛苦就会来得更突然，而且这种突然的痛苦，会更加猛烈，更加让人措手不及。所以我希望我的爱情里的幸福，你慢点来吧，别太快了。因为我走得太慢，追不上你的脚步；因为我爱得太真，追不上你的糊涂。

254. 我不知道我到底做错了什么，让我这样受苦受累，吃不好，睡不好，难道我的梦想真的就这么让我劳心劳力吗？我不得而知。我所知道的是，我为了我的梦想付出的时间精力实在是太多太沉重了，而能助我展翅高飞翱翔蓝天的贵人又会在何时何地出现呢？我茫茫然不可知，只能以一颗时而麻木时而敏感的心进行漫长而又无助的等待，直至心累心酸而不可止，由此谓之迷狂，掺杂着请求和希望，期待终有一天的辉煌。啊哈，我的梦想，我倒要看看你能把我折磨蹂躏践踏成什么样。我不是对你反抗，只是希望你不要一天一个样，那样只会让我更加彷徨，也更有可能迷失方向，所以请你高抬贵手让我活得有个人样。啊哈。我的梦想，不要说我奢求的太多，而是你从来给我的太少。爱情的是是非非，早已不再重要，重要的是你能让我了却十几年的心愿，那我倒在冲锋的路上又有何妨？

163

255. 我的舌头还有你的齿印，你却说我们的爱情已经不可能，这样会不会有点太残忍，拜托别这样折磨人。我不是什么好男人，也算不上什么坏男人，只是喜欢你这个女人，你又何必这样玩弄我这个男人，你知不知道你这样有多么残忍，你这个坏女人。如果我们真是天生一对的话，你又何必何苦这样对我，我只是要知道你是爱我的，我就足够了。你又为何不愿意告诉我呢？我早就爱你了，爱疯了的爱你，你还挑三拣四的又有什么必要呢，不觉得你这是无理取闹吗？真受不了你这样的女人，哪有你这样的女人，全世界找不到第二个你这样的女人，为何我却偏偏爱上你这样的女人。我真是犯贱又白痴的男人，爱上你这样的女人，痛苦又不能，伤心又不肯，拼死拼活的挺到最后，换来的是你的致命的残忍。

256. 如果爱你是一种习惯的话，那么我愿意一辈子继续保持这个好习惯。如果有一天你只是习惯爱着我的感觉，而已经不爱我这个人了，那么我也可以有勇气淡定的放手，让你远去飞向你的幸福天空。但是如果你愿意继续给我机会继续爱你的话，我相信我们是可以继续恋爱的，继续第二春的。所以请不要轻易地对我说我不爱你，因为我会痛的，我真的很怕痛的。所以如果你知道我是像你的影子在爱你的时候，你就不会这么任性的说不爱我了，所以爱我吧，所以允许我这样疯狂的爱你吧。因为我已经习惯了爱你的习惯了，没有了你没有了爱你的习惯，我真的不习惯。我怕我会就此老去，然后归去，然后消失得无影无踪，就像一粒尘埃那样，找不到爱你的路，走得迷迷糊糊，只有痛苦的任人践踏，哭泣在远方的异乡。所以请让我用继续爱你的习惯继续爱你吧，我的爱。

第三章

过 期 的 闲 话

抬头看天，低头看路，平头看人。不然，钱就是一切问题的问题。而欲望又是问题的根源，而根源又是爱又是情，又是爱情交织出来的千变万化。

第1节

1. 每个人的故事太多，不由分说，无法深究，各自曲折，涓涓细流，偶有交汇，终归大海，消失在茫茫无垠的海平面，消逝在一望无际的地平线，也许爱情故事也不少啊。

2. 不要把种子撒进罪恶的皮囊，否则会长出什么东西也就无法想象。爱错了人也是一样。

3. 没有爱情的婚姻一开始就是一潭死水，而有爱情的婚姻会被生活慢慢变成一潭死水。爱情是同甘，婚姻是共苦。

4. 每个人心底都有一个追不到的人，都有一个完不成的梦。人，是美人；梦，是美梦。

5. 这个等你到了三十岁的时候就知道了，人生的况味，只有到了那个年龄才懂啊。爱情没有成熟的话是不会走进婚姻的，希望没有漏网之鱼吧，如果有的话，那条鱼多半是泥鳅。

6. 说得直白一些，就是不到长城非好汉，不到黄河心不死，到了，见了，才懂。然后也会觉得美人迟暮不过如此，昔日的心头好也不过如今的一碗酒酿。

7. 有一种被生活反复揉搓的感觉，那是小学五年级被场镇上的"同学"霸凌欺负的时候就有的感觉，至今想来，仍然是心有余悸、心有戚戚、心有不甘。就好像爱你一样，在心里种了一根刺，时不时地扎几次，提醒我要活出个样子。

8. 穷游也好，富游也好，早游才是对的，越早游，眼界越开阔，头脑越灵活，人生越圆满，或者说越趋于圆满。所以什么早恋不早恋的呢，过了十八岁成人礼，就应该可以谈恋爱了吧，只要合法合理合情，再加上你情我愿两情相悦，就应该祝福嘛，你说呢？

9. 哪有那么多百炼成钢的人才，大多都是百炼成渣的普通人。哪有那么多的富二代，大多都是豪车租赁外加表演艺术爱好者。哪有那么多的单身专一痴情男，大多都是喜欢模仿的伪文艺男青年。哪有那么多的……

10. 世人谓我爱婵娟，谁知我心向水仙……

11. 经历的挫折太多的话，你就会怀疑是不是处处都有黑洞，看不见的黑洞。就好像身处爱情的迷宫，而又急于逃离，一次又一次坠入陷阱，终于耗尽了体力，瘫倒在地，气喘吁吁，唉声叹气。

167

12. 有些东西如果镜头语言表达不出来，那么就让它留白，也许是更好的表达。就好像爱你一样，千言万语也无法表达，我只有微笑着，微笑着，不露牙。

13. 一步慢步步慢，一步错步步错。爱情里错不得，单相思慢不得。

14. 谈婚论嫁，门不当户不对，差距太大，不是一个下嫁了，就是一个高攀了。所以爱情要怎么选择呢？所以婚姻要怎么选择呢？

15. 人啊，本来就是生来孤独的啊，一辈子都要自己面对孤独，灵魂共振的伴侣，可遇不可求。可求，也多半求而不得，徒增消磨。

16. 没有哪个能保证，初恋就结婚，结婚就过一辈子，感情不出任何问题，生活也不出任何问题，每个人都保证不了，你也保证不了。

17. 鞋合不合脚，只有自己知道。不合脚的鞋穿着也走不了多远。却也有人喜欢在脚后跟贴着创可贴穿着亮晶晶的恨天高学着 T 台超模的步子走着，她们说是为了爱情。

18. 婚姻关系就是一棵树和一棵藤最好。两棵树的很少。大多数的是两棵草。

19. 有的人不可能不贪恋钱财，有的人不可能不贪恋爱情，有的人不可能不贪恋刺激，又不是什么生死存亡的关头，他们不会放下的。

20. 甜言蜜语往往是糖衣炮弹啊，无论是爱情里还是生活中。

21. 在穷苦阶层，金钱是爱情的试金石。在富有阶层，爱情是金钱的试金石。

22. 苦难也是一种成长，关键是要在苦难中学会观察，学会思考，学会总结，学会积累。爱情里的苦难也一样。

169

23. 以前对人心不狠地位不稳这句话没有太深的理解，经过这十几年的风浪现在是有切身的体会，但是自己的心中还是保有纯真的善良。因为自己始终坚信善行万物，德行天下。

24. 古语说，不为良相便为良医，以前还没有深刻的感觉。自从一次又一次的求学路绊倒在英语和数学这两座大山之下，更因为错失最佳年龄读艺体学编导的机会，深刻感受到岁月不饶人。也想起自己屡屡求学受挫，便想去找个老中医学按摩针灸，不由得会心一笑。原来自己骨子里还是有这个不为良相便为良医的情怀啊。问题是这个情怀是从哪里来的呢？我并不是书香门第，也不是耕读传家的。可能是因为自己从小看的历史正剧的电视剧比较多吧，也可以说是电影频道和电视剧频道陪伴了我在农村的整个的童年。现在回想起来，自己的童年已经在自己人生的小溪流中一去不复返了，往日不可追了。只有珍惜当下，珍惜眼前，过好每一天了。泪，悄悄地，一颗颗滚落。

25. 火车坐多了，突然就觉得，人这一辈子，也就是一个进站口，一个出站口；一个出站口，一个进站口，就可以打总结了，你说奇妙不奇妙？在爱情里却总是容易上错车、坐过站、下错车，好像更奇妙啊。

26. 一份爱情由一个男人和一个女人组成，而感情又起主导作用，所以爱情的基础是两个人有感情，所以婚姻的基础是两个人有爱情。

27. 让自由的思想飞一会儿，让审美的标准飞一会儿，你会得到你想要的，甚至更多。前提是你要学会让它们飞。

28. 那个人有钱之后，吃喝玩乐，挥金如土，忘记自己的根，也就是忘本，这个也许才是我最不能容忍的，因为他背叛了他自己成长的土地，进而湮灭了我的成长，我的理想，我的生命，还有我的爱情。

29. 去看自己喜欢的明星的演唱会的路上，一颗钉子差点扎穿了自己穿的运动鞋。我一开始还以为是小石子，脱下鞋子一看，不免心中一惊。仿佛是未知的力量在提醒我，就算是自己再喜欢的东西，也要大胆提问，小心求证，仔细摸索，认真总结。如此这般反复这般，才能有一个比较圆满的结局。总结就是爱要爱得有度，不要慌不择路。

30. 人一辈子走得快没有多重要，走得稳才是最重要的。安全才是可持续发展的重要动力。小心驶得万年船。爱你就是这么简简单单平平凡凡。

第 2 节

31. 有的电视剧拍得真好，把好的坏的都呈现给观众，让观众去思考去讨论去发现，真是一场视觉思想冲击之旅。如果你能知道我有多想你，那该多好。

32. 很多人见过了满汉全席吃不下粗茶淡饭。而我是见过满汉全席，想通过自己的努力奋斗吃上满汉全席。这是努力奋斗的过程，只有一步一个脚印向前走。

33. 语系，语境……一时语塞，不知道用什么词语来形容你，因为我已经记不起你的样子了。我已经忘了你，也许这就是我对你的暗恋的最好结局吧……

34. 早知今日报应不爽，何苦当初执迷不悟。有的人啊，可笑可悲可叹，不可怜。就好像你啊，究竟是错负了你的初恋。

35. 把女儿当儿子来养，将来就嫁不出去，因为没人会愿意娶一个母老虎。把儿子当女儿来养，将来就娶不到妻，因为没人会愿意嫁一个妈宝男。

36. 开在办公大厦里面的快捷酒店就像开在购物广

场里面的咖啡店奶茶店一样，生意真好啊。你说我要是离你有这么近，那该多好啊。

37. 谁说知识和道德没有关系？没有知识就没有认知，无论这个知识是书本知识还是社会上的知识。有了认知才能分对错分是非。既然能够分对错分是非了，慢慢地我觉得这也是道德的基础条件了，也是道德的一部分了。所以说知识和道德还是有关系的，并且是密不可分的，就好像爱和情一样。

38. 有些人说，读万卷书不如行万里路，但是我觉得读万卷书就像给人打疫苗一样，如果一个人来到这个世界上一些必须打的疫苗没有打的话，那么他很有可能在行万里路的过程中就被各种疾病所打击灭亡了。所以读万卷书和行万里路要两手抓两手硬。

173

39. 一方面需要努力奋斗，功成名就。另一方面需要衣食住行七情六欲。这人啊，长大了真累，或者说有了欲望真累，或者说到了这个年龄真累。怎么办呢？顺其自然就好。

40. 越长大越觉得有的话说出来伤人，有的话不说出来伤心。也许这就是成长的最大的代价吧，也许是老了的表现，也许是所谓成熟的体现，也许已没有了也许。

41. 人啊，这辈子的机遇，跟韭菜是一样的，一茬又一茬的。这一茬里面老了也不行，嫩了也不行。不然就是一步慢步步慢，一步错步步错，渐渐就落伍了。任凭你怎么努力怎么拼命，那也是赶不上的追不上的。这就是时代的代价，也牵绊了个体的命运。说一千道一万，天时地利人和一样都不能少。实际情况中，天时地利人和并存的情况非常少，我反而觉得是一个人的认知和头脑更重要。更具体地说是一个人的思考能力，辨别能力，抉择能力，这才是关乎一个人一辈子生死存亡功名利禄爱恨情仇的命脉。

42. 这个社会，这个时代，你不做千磨万击还坚劲的石灰，那就只有做微不足道的尘埃。所以单身狗大多心理素质不过硬啊，不然怎么会一直单身呢？

43. 一睁眼，万事来袭；一闭眼，万事皆休。

44. 当一个女人只跟你谈钱，不跟你谈情的时候，一方面说明你的钱太好骗了，另一方面说明她对你没有感情了。一方面说明她另有新欢了，另一方面说明她有很多备胎了。也许最重要的是说明你没有钱拿来做挡箭牌了。总之她不需要你了，她也不爱你了。

45. 千万不能找虚荣贪婪人家的孩子谈恋爱，因为他们或她们的占便宜心理和深层次的剥削性欺骗性是永远无法消除的，早早晚晚会让你吃大亏上大当，付出惨重的代价、巨额金钱甚至生命，收获血泪的教训、残缺的躯体甚至死亡。不信，可以静待花开花落，无时。不信，可以倾听鸠占鹊巢，无情。

46. 有道德的被困在牢笼困兽之斗，无道德的兴风作浪随波逐流。爱情的形式千奇百怪，爱情里的人儿各自作怪。

47. 人人都以为自己可以青春永驻生活幸福，却不知道生活给你开玩笑的时候，不会让你有任何反应的时机。

48. 爱情的苦，我感觉是越早吃越好，这样你就不会在青年时期耽误太多的时间，因为青年时期正是努力奋斗干事业的大好时光啊。年轻人啊，趁年轻趁早去谈恋爱吧。

49. 生活就是你争我夺的擂台，社会就是弱肉强食的猎场，你努力，你拼命努力，有时候也不过是个猎物，是个炮灰，所以选对起点很重要，选对跑道更重要。不然，走上不归路，死胡同，就只有背水一战，听天由命了。爱错了人要及时放手，放手，放手。

50. 可能，人啊，真的八百年前是一家，八百年后散落天涯。不然，怎么会，好像在哪里，见过你呢？

51. 这都什么年代了，有些小姑娘的爱情初恋还是免不了爱情的套路窠臼。仿佛都是一开始甜甜蜜蜜，突然间半途而废，留下一个人独自成长。那些几十块几百块的情侣戒，那些一杯奶茶一张电影票的小确幸，如今都仿佛是嘲笑的画面，在有些小姑娘的脑海里不断闪现。也许会卡壳吧，也许会短路吧，也许已没有也许吧。

52. 挨多少刀就享多少福啊，无论是扎心还是割肉，亘古以来，人神如此，概莫能外啊。时至今日，亦不能超脱，不可不谓之一条金规铁律啊。所以那些爱情收割机都是练出来的吧。

53. 退一步，任人宰割；进一步，刀山火海。事同此理，人同此理，别无他法，只有背水一战。胜之，安定许年。败之，卧薪尝胆。互联网时代，哪还有什么瞒天过海呢。信息大爆炸，哪还有什么偷梁换柱呢。诚实对于爱情是多么重要啊。

54. 一个人要想做点儿事儿做成点事儿啊，天时地利人和一样都不能少啊，缺一不可。就算成功了有缺陷也会夭折，这就是古语说的德不配位必有灾殃。天道好人回，苍天饶过谁。

55. 任何一次相关信息的解读，都是一次选择，有可能关乎生死，有可能关乎事业，有可能关乎感情，更多的则是生活的方方面面，最具体的体现便是云泥之别，生死之别。

56. 古语说，书读百遍其义自见。读的次数多了，就读出了实话、真话、假话、套话，只要有一句受用终身的话，那便是值得的。受用一时也未尝不可。

57. 余生，每一日，有你有我，便是好的。

58. 好多人啊，看电视剧也好，看电影也罢，都把自己当成剧中的男主角女主角了，以为通过自己的努力，历经艰辛，克服困难，就能够实现大富大贵，爱情甜蜜，婚姻美满，家庭幸福。其实他们还有她们都忘了，我们最多只是其中的群众演员，一晃而过，不留痕迹，而已。

59. 人啊，不是老有才能的。那应该怎么办呢？就应该趁着年轻的时候多读书，多找一个门路，多找一个水泉。古语说狡兔三窟，要给自己留后路。不要认为自己永远年轻、永远发达、永远风华正茂、永远屹立不倒。把握时间，把握机会，青春易逝不复返啊，朋友们。

60. 古语说，德不配位必有灾殃，其实这个德也是得的意思，意思是得到的这个位，也不仅仅是位置的意思，而是说话做事的能力，突发情况、突发事件的应急处理能力，并且都是恰如其分近乎圆满解决问题的能力。还有一个耐力的意思，也就是要几十年如一日，时刻准备着，召之即来、来之能战、战之必胜的能力定力。而这一切都需要时时刻刻的与时俱进的学习和锻炼，所以古人才说活到老学到老，所以古人才说书山有路勤为径，学海无涯苦作舟。大多数人都是当时糊涂，过后糊涂；少部分人是当时糊涂，过后清醒；更少部分人是当时清醒，过后更清醒。所以，每个人的生活境遇就在这一件又一件看似不起眼的小事中天差地别了，何等奇妙啊。由此可知，学习和锻炼是需要每分每秒都精进的。

第 3 节

61. 如果我说的这些话你们有一个人懂了，或者说你们都听到了，但是懂得的时候是另外遥远的时候，那么我的这些努力也没有白费啊。

62. 生活，就是你不找麻烦，麻烦要来找你，所以每个人的芯片处理器都要不断迭代升级。婚姻保鲜也是如此。

63. 抬头看天，低头看路，平头看人。不然，钱就是一切问题的问题。而欲望又是问题的根源，而根源又是爱又是情，又是爱情交织出来的千变万化。

64. 学校教育是大水漫灌，家庭教育是滴水慢灌。哪个更重要，你们可以问问有经验的有事业的成功果农。由此可知，爱的轰轰烈烈像烟花一样绚烂的好，还是爱的细水长流像泉眼一样不竭的好，你可以多想一想。

65. 一个男人对狐朋狗友吃喝玩乐百般讨好，一个男人对妻子儿女坑蒙拐骗百般羞辱。这样的男人就算是事业一时成功，也不会一直成功，终将破败，一落千丈。这样的男人永远是一个失败透顶的丈夫，这样的男人永远是一个失败透顶的父亲，这样的男人永远是一个失败透顶的男性。这么说一个花心的女人好像也可以。

66. 二十年前就知道，二十年来没做到，一个人可以做的工作，至今都是奢望。奢望的还有爱情，细水长流平凡可贵的爱情。

67. 再幼稚的东西也有深刻的部分，再深刻的东西也有幼稚的部分。

68. 每一天把觉睡好，把衣穿好，把事做好，把饭吃好，把该爱的人爱好，把想爱好的爱好，也许就是莫大的幸福了吧。

179

69. 什么样的生活伴侣能长久呢？大概是既能相敬如宾又能相濡以沫的吧。

70. 看人的最后还是会看钱，看钱的最后还是会看人，因为缺钱就会贫贱夫妻百事哀，因为有钱不懂珍惜，就会吃喝玩乐酒池肉林挥金如土一败涂地。所以啊，爱情是个两难；所以啊，生活是个两难。而你还不得不选，但是怎么选又好像都是错的，你说难不难？

71. 人生啊，总是在一天天一个个不经意的微小的选择中蹉跎了岁月。爱情好像也没有例外。

72. 每个人的成长经历都不一样，每个人的发展道路都不一样，既然谁也说服不了谁，又何必浪费口舌徒增笑料呢。就好像她不爱你，而你非要爱她，何必呢，何苦呢。

73. 你觉得你是对的，你就真的对吗，只是你觉得而已。爱情里最好不要有，更不要有这种幻觉啊。

74. 如果时光可以倒流，那么我希望回到时光出发的时候。那样我爱你的时候，就不会被别人插队了。

75. 有的人天资聪颖，便以为他人也如他一般聪明；有的人天资愚钝，便以为他人也如他一般蠢笨。如此说来，到底是谁天资聪颖呢？如此说来，到底是谁天资愚钝呢？就好像爱情里有聪明的人吗？好像都是糊涂蛋吧。

76. 有的人过着锦衣玉食习以为常的日子，有的人过着粗茶淡饭勉以为继的日子。这就好比有的人不费吹灰之力就可以获得真爱，幸福美满；而有的人却要跋山涉水历尽艰辛一无所获，失声喟叹。这是为什么呢？回忆从前，没有语言。

77. 不好意思，坦白地说，我既是一个自卑的人，也是一个自负的人。在感情方面，我既不会高攀，也不会低就。

78. 有的爱情电视剧就是记流水账的日记，有的爱情电视剧才是跌宕起伏百转千回的好故事好演绎。为何有如此差异呢？因为有的只是表现了爱情，而有的却展现了爱情和生活交织的方方面面曲曲折折。所以不能只要爱情不要生活，所以要让爱情和生活唱一曲生命的赞歌，才能乐得其所。